本日、東京ラプソディ

中野翠

毎日新聞出版

本日、東京ラプソディ

Ⅰ　徒然雑記帳

2023年10・11月

2023年12月・2024年1月

2024年2・3月

2024年4・5月

2024年6・7月

2024年8・9月

Ⅱ　シネマ・コラム

1　人生は祭りだ

2　生まれた時から闘いだった

徒然雑記帳

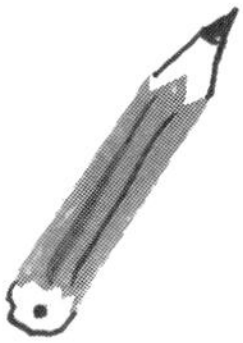

I

初出
『サンデー毎日』二〇二三年十一月五日号〜二〇二四年十月二十・二十七日号
文中の写真のクレジット表記のないものは毎日新聞社。
文中の年齢、肩書は雑誌掲載時、商品情報は本書刊行時のものです。

2023年10・11月

失言を悔《く》やみつ月夜の橋渡る

◉名警察犬◉ディカプリオ&デ・ニーロ

十月十六日、朝日新聞夕刊の一面。「捨てられた子犬　乗り越えた運命」という見出しの記事が、カラー写真を添えて大きく掲載されていた。純白のトイプードル。超かわいい！　笑っているようにしか見えない！

さっそく記事を読んでみると……「10年前の春、飼育放棄されてかごの中で震えていた小さな子犬が、今では茨城県警を支える『名警察犬』として活躍している」という話だった。

今から十年前のこと。茨城県の動物指導センターに「この犬、もう要りません」という人が現れた。センターに引き取られれば「殺処分」になる可能性がある。たまたまセンターに居た鈴木博房さんが、見かねて「私に譲ってください」と申し出た。名前は「アンズ」と命名。

鈴木さんは、すでに三頭のシェパードを自宅に飼って訓練していた。アンズは、「先輩」シェパードたちの訓練に参加したそうにしていた。

「歩幅が人間とほぼ同じ」という大型犬と比べ、アンズの歩幅は、その三分の一以下。それでも足跡から匂いをたどる作業ができるようになった……。

そんな折、県警の嘱託警察犬の審査会の参加資格から犬種が撤廃されるという朗報が……。二〇一五年十月、アンズは審査に合格。小型犬では県警初の合格となったという。

記事には写真三枚も添えられている。純白の小型犬。同僚（?）のシェパード二匹とも仲よくしている様子が写されている。「認知症や外出先で倒れた高齢者の捜索依頼が増えている」というわけで、「アンズのような小型犬の警察犬の需要は近年高まりつつある」という。なるほどねえー。
ヒトとイヌとの、長い長い共生の歴史――。ありがたいことです。

＊

アメリカ映画『キラーズ・オブ・ザ・フラワームーン』は一見の価値あり。何しろ、監督はマーティン・スコセッシ。主演はレオナルド・ディカプリオ、そしてロバート・デ・ニーロなのだから。上映時間二〇六分という長めの映画だけれど、退屈することはなかった。実際にアメリカで起きた事件をもとにしたものだという。

一九二〇年代のオクラホマ（アメリカ南部）。白人に追いやられた先住民たちの町。成功していた叔父（ロバート・デ・ニーロ）を頼って、その町に移住してきたアーネスト（レオナルド・ディカプリオ）は、先住民のモリー（リリー・グラッドストーン）に惹《ひ》かれ、結婚するのだが……。やがて先住民族の連続殺人事件が起き、ワシントンDCから捜査員が調査にやって来て……という話。

マーティン・スコセッシ監督

タイトルの「フラワームーン」というのは何なのだろうと思って、調べてみたら、「花々が咲き始める五月に観測される満月のことで、アメリカ先住民の風習に由来する」

とあった。

フト、気づく。レオナルド・ディカプリオも今や四十八歳なのね！　ほんとうに、いつのまにか……。ロバート・デ・ニーロは八十歳！　前立腺ガンの手術を受けて、健在とか。


（2023年11月5日号）

◉神保町にて◉笑いとオシャレ

新築マンションに越して来て半月になるのだけれど、いまだに慣れない。以前のマンション（すぐ、そば。これから取りこわされるはず）のほうが気楽でよかった……と思ってしまう。

新しいマンションは、どうやらセキュリティ重視のようで、訪問客にとっては、出たり入ったりがちょっと面倒なのだ。万事、大ざっぱな私は「ザッとでいい、ザッとで！」と、イラついてしまう。

同じマンションにもう一つ、部屋を持っていたので、ひとり者の甥《おい》（妹夫婦の息子）に入ってもらった。彼は、どういうわけだか、介護とか福祉に興味があり、そういう関係の会社に勤めている。今となっては、ありがたい。老後（すでにして老後か？）の面倒、少しは見てもらえるかも、なあんて。

そんな中、九段方面で試写会があり（北野武監督の新作映画『首』）、見終わって、久しぶりに神保町をダラダラと歩いてみた。

どうしたって、「ツボちゃん」――坪内祐三さんのことを思わずにはいられない。坪内さんは本の町・神保町を深く愛していて、親しい編集者やライターを集めての読書会も、おなじみの神保町の小料理屋の二階だった。

読書会が終わると、また別の、ヒイキの店に呑《の》みに行く。振り返ることもなく。みんな、絶対、ついて来るはず――という感じで。ちょっと両ヒザが開いた独特の後ろ姿……。酒呑みではない私も、ついて行った。

「ツボちゃん」、ほんとうに亡くなってしまったのかなあ、ウソでしょう、それとも「ツボちゃん」なんて現実には、いなかったのかなあ、夢の中の人物だったのかなあ……なあんて思ってしまう。不思議。すでに没後四年になろうとしているというのに。

私は、親しくなっても「ツボちゃん」と言ったことはなかった。「坪内さん」と、距離をおいた言い方をしていた。一度くらい「ツボちゃん」と言ってみれば、よかったのに……。それが、ちょっと心残り……。

『私がやりました』

＊

映画『私がやりました』が愉《たの》しい。

フランソワ・オゾン監督の映画で、一九三〇年代とおぼしき時代背景の中、映画界の大物の殺人事件が起きる。

容疑者は新人女優のマドレーヌで、ルームメイトの若手弁護士ポーリーヌと組んで「正当防衛」を主張。それが「悲劇のヒロイン」

として大衆におおいにウケて、一躍、大スターということになるのだが……という喜劇。

何と言っても一九三〇年代のファッションのいろいろが愉しい。この時代のファッションはシンプルな機能性を持ちつつ装飾性もたっぷりとあった。女も社会進出するようになって、ヘア・スタイルも短めに。「笑い」と「オシャレ」が好きな人は必見では？

フランソワ・オゾン監督は一九六七年生まれ。五十五歳。前作『苦い涙』も、おおいに笑わせてくれたしね。ゲラゲラ笑いではなく、人間というものの、おかしみ——。

（2023年11月12日号）

◉おっちょこちょい◉愛子先生のお誕生日

昨夜の話ですが……フト、調べたいことがあってスマホで検索しようとしたら……スマホが無い、無い、無い。エーッ！と驚き、室内を徹底的に探す。「まさか」というところまで！

一時間くらいだったかな、心身ともに疲れ果て、涙目でソファにグッタリと横たわっていたら、映画配給会社のYさんから電話がかかってきた。「中野さん、スマホ、置き忘れですよ」と！

そうか、そうか、そうか。試写会に行って、その会場で、たぶんバッグからスベリ落ちていたのだろう。そこまで思い至らなかった！　家の中としか考えられなかった！　Yさんはその日のうちにスマホを送ってくれた。距離が近いとはいえ、余計な手数をかけてしまって、申し訳ない。深く反省。

子どもの頃から、父からは「おっちょこちょい」と言われていた。今、あらためて辞書をチェックしてみると「落ち着いて考えないで軽々しく行動すること、また、そのさまや、そういう人」とある。

　はい、確かに！　妹は、おっちょこちょいの姉を見て学んだのだろう。まったく逆の性格。几《き》帳面《ちょうめん》で慎重——。

　それにしても……今やスマホが無いと万事お手あげといった事態に。街の「公衆電話」は、ほぼ、消えた。小林明子『恋におちて』の歌詞「ダイヤル回して手を止めた」は、今の若い人たちには、まったくピンと来ないことだろう。『恋におちて』がヒットしたのは、一九八五（昭和六〇）年——ってことは、もう三十八年も前だったのね。

　当時、有楽町駅近くのビルの一階に、公衆電話が何台かズラリと並んでいるスペースがあった。サラリーマン風の人たちが、それぞれ商談していた光景を思い出す。そのスペースも、いつのまにか消えた。

＊

　さて、十一月五日には作家・**佐藤愛子さん、百歳**（！）のお誕生日を迎える。

　もう、十年ほど前だったか、愛子さんと親しい編集者が紹介してくれて、その後、二度ほどお会いしているのだった。

　あちらは有名な作家、こちらは吹けば飛ぶような雑文家ながら、ナマイキ少女二人といった感じで、楽しくしゃべり合う

佐藤愛子さん（1996年）

ことができた。「もう着ないから」と、お着物まで、いただいたりもして。はい、ハッキリと自慢です。すみません。

いつのまにか、ほんとうにいつのまにか、私も老女というジャンルの人になったのだけれど、それが、もうひとつピンと来ない。それでも、いろいろ恥をかいたり失敗したりして、「ようやく、ちょっと大人になれたかなあ」なあんて。

愛子先生、これからもお元気で――。

（2023年11月19日号）

◉白い犬◉CIAのダークサイド

ヒッコシも一段落。雑記帳（ノート）を整理していたら、五月頃に使っていたノートの中に「白い犬」と題した読者の投稿のキリヌキがあった（はい、毎日新聞の「女の気持ち」欄です）。投稿者は札幌の主婦・八十二歳。ザッと七十年くらい前の悲しい思い出――。

投稿者の少女時代、真っ白で美しいスピッツ（名前はコロ）を飼っていたのだが、ある日、コロは姿を消してしまった。学校を休んでまでして捜索したのだけれど、見つからず……。

二年が経《た》った頃、「雨の降るバス停で立っていると、汚れたモップのようなグレーの犬が私にすり寄ってきた。汚くて怖いので傘で追い払ったが、すぐに近寄ってくる。バスが来て乗り込み、ドアが閉まったとき、その犬が『ワン！』とほえ、バスを見上げた。その瞬間『あっ、コロだ』と気づいた」。

次の停留所でバスを降り、「傘もささずにコロ！　コロ！と呼びながら前のバス停まで戻った。だが、コロはもういなかった」「ずぶぬれになりながら、座り込んで泣いた」「今でも白い犬を見ると、コロを思い出して涙ぐんでしまう」。

掲載された時にも涙目になって切り抜いたのだけれど、半年後の今、読み直して、やっぱり涙目に――。

ヒトと犬、ヒトと猫。長い共生の歴史。相寄る魂――。

＊

映画『ＪＦＫ／新証言――知られざる陰謀【劇場版】』が公開される。オリヴァー・ストーン監督（実のところ、私は苦手）によるドキュメンタリー。

タイトルにあるＪＦＫとは、もちろん、アメリカ合衆国第三十五代大統領、ジョン・Ｆ・ケネディ。一九六一年、四十三歳という若さで大統領に就任。アメリカでも日本でも人気があったのだが、六三年十一月二十二日、テキサス州ダラスでパレード中に射殺された。

犯人はリー・ハーヴェイ・オズワルドだったが、二日後にはジャック・レオン・ルビーというナイトクラブのオーナーによって射殺された……という奇怪な展開になるのだった。

オリヴァー・ストーン監督は、当時、十七歳。大人ではなかったものの、大きな衝撃を受けたに違いない。

ジョン・Ｆ・ケネディばかりではなく、弟のロバート・Ｆ・ケネディも一九六八年、暗殺された。

どうやらオリヴァー・ストーンの意図は、CIAのダークサイドへの告発なのだろうと思える。ケネディ大統領が銃弾を受けた時、隣に座わっていた妻ジャクリーンは、すぐにケネディの死を知り、オープンカーの後方へと、苦しい体勢で避難した。スゴイ。私だったら、車の中で、思いっきり小さくなって震えていただろう。

そうそう、この『JFK／新証言――知られざる陰謀【劇場版】』のナレーションは、ウーピー・ゴールドバーグとドナルド・サザーランド。

私、ドナルド・サザーランドのファンなのです。『M★A★S★H　マッシュ』（'70年）の頃から。

一九三五年生まれの八十八歳。達者で何より……。

（2023年11月26日・12月3日号）

◉鬼の筆◉事務処理能力

書店でパッと目に入った新刊本『**鬼の筆――戦後最大の脚本家・橋本忍の栄光と挫折**』（春日太一著　文藝春秋）。

橋本忍といったら戦後の日本映画史には欠かせない脚本家。黒澤明監督と組んで『羅生門』『生きる』『七人の侍』『悪い奴ほどよく眠る』をはじめ、他の監督とも組んで『ゼロの焦点』『白い巨塔』『日本のいちばん長い日』『砂の器』『八甲田山』などの脚本も次々と――。

私もその頃までは日本映画も興味深く観ていたのに、やがて興味を失ってしまった。

今頃になって気づく。橋本忍さんも、さすがに老齢となって、リタイア状態になっていたのだっ

脚本家・橋本忍さん（1959年）

た……。亡くなったのは二〇一八年七月十九日。百歳！

橋本忍さんが手がけた映画は、ほとんどすべてが傑作だけれど、小林正樹監督の『切腹』（'62年）がとりわけ忘れ難い。有楽町の並木座という小さな映画館のリバイバル上映で観て、圧倒された。仲代達矢、石濱朗、丹波哲郎、三國連太郎という、（今にして思えば）凄《すご》いキャスティング。貧しい武士の命をかけた意地……と、こう書いていて、『切腹』のいくつかのシーンがスッと鮮明に思い出される。そうとう、のめり込んで観ていたのだろう。

実を言うと、ズシリと厚い、この『鬼の筆』は、まだ半分くらいしか読めていない。何しろ、周到、綿密に橋本忍の人物像と、その作品について調べあげているので。私は読みながら、「エッ、そうだったの」とか「ここは重要」と思ったら、付箋を貼るのだけれど、知らなかったことが多すぎて、ほぼ毎ページ、付箋だらけという事態に。途中でバカバカしくなって、付箋はやめました。

そういう、まさに「決定版」というべき一冊です。

＊

我ながら「ズボラだなあ」と反省しているのだけれど……ヒッコシをしたのに、友人・知人・仕事先への通知（新住所や電話番号など）を、ほんのちょっとしか、していない。普通、サッサとハガキか何かで通知するものなのにね（とりあえず『サンデー毎日』はじめ連載中のところには、新住所とファクス番号は知らせたものの……)。

ひとことで言うと、めんどうくさい。ヒッコシ通知の文章を考えたり、そういう方面の印刷所を探したりするのが、億劫《おつくう》。いわゆる事務処理能力(?)が、まったく欠けているのだ。どうも歳を重ねるほど、この傾向が強くなってきたみたい。

明日こそ、ちゃんと通知ハガキを、どこかに頼もう!と決意するのだけれど、「まっ、いいか。明日にしよう」と思ってしまう。その「明日」は永遠に来ない……。

何となく、なしくずし的に新住所や電話番号やファクス番号が伝わっていくのでは?と思ってしまうのだ。少し先だけれど、年賀状を出すことになるのだから、そこで、一気に新住所や電話番号も伝えられるわけだし……なあんて。

几帳面な妹は「信じられない!」と、マジで怒っている。ちょっとコワイ……。

(2023年12月10日号)

◉小さな旅◉英雄か悪魔か

コロナ禍も、ようやく下火になってきた。晩秋のこの季節、どこか遠くに行ってみたい……と思っていたら、長年の女友だちツルちゃんから誘いのメールあり。

「名古屋のN氏がヒマみたいなので、久しぶりに麻雀をしに行かない?」というので、即、OK。ツルちゃん夫婦と新幹線に乗って、名古屋へ。

昼間から麻雀というのもはばかられて、N氏の車に乗って**「あいち朝日遺跡ミュージアム」**を探訪。弥生時代前期から古墳時代前期までの環濠《かんごう》集落の遺跡だという。さらに清洲《きよす》城（織田信長が居城したという）も見学。

車の窓から風景を見ると、街のような所でも、その向こうにウッスラと山並みが見える。関東平野の浦和育ちで、二十代後半から、ずうっと東京暮らしの私の目には新鮮に見える。藤山一郎（古いね、私も）の『青い山脈』という歌を思い出さずにはいられない。

さて。一宮市のホテルにチェック・イン。夕食をとってから雀荘《じゃんそう》へ。なぜか、客は私たちだけだった……。麻雀なんて、もはや過去のもの？　それとも平日だったから？

私にしては好調だったのに最後にドジを踏んでしまい、三位に転落。

翌日はN氏の車で岐阜の「円空美術館」へ。円空という名前だけは知っていたものの、どういう人物かは、まったく知らなかった。江戸時代前期の修験僧にして、仏師。歌人でもあったという。

円空が作った仏像はユニークなものだった。神秘的でもエラソーでもなく……俗人っぽいというか、マンガっぽいというか。表情やポーズもバラエティに富んでいる。面白い。私は気に入った。

円空は一六三二年、（現在の）岐阜に生まれた。三十代半ばに北海道に渡り、彫刻を手がける。六十代半ば、掘った穴の中に入って、わずかに地上の空気を吸いつつ、食べたり飲んだりすることもなく、即身仏となって、亡くなった……というのがスゴイ。六十四歳。

たった一泊二日の旅だったけれど、思いのほかの充実感。

＊

映画『ナポレオン』、おすすめします。

ナポレオンという名は、よく知られているものの、私などは、どこがどう凄かったのか、あまり知らないままだった。今回の『ナポレオン』の宣伝コピーは「英雄と呼ばれる一方で、悪魔と恐れられた男――」。

ナポレオンを演じたのはホアキン・フェニックス。言うまでもないが、リヴァー・フェニックスの弟。顔立ちは、あんまり似ていない。ハンサムとは言いがたい。いわゆる「個性派」。リドリー・スコット監督に認められ『グラディエーター』で悪役を演じた。そのホアキンも今や四十九歳。ナポレオンを演じるほどの貫禄《かんろく》が出てきた。

今回の『ナポレオン』は、妻のジョゼフィーヌとの愛憎のドラマが中心なのだけれど、私は、それよりも十八世紀の戦場シーンのほうが興味深く、圧倒された。もちろん、リーダー格は馬に乗っていて、その他おおぜいは地べた。せつない……。

（2023年12月17日号）

『ナポレオン』
デジタル配信中
発売・販売元：ソニー・ピクチャーズ エンタテインメント

2023年12月・2024年1月

旧友の癖字《くせ》なつかし年賀状

◉辛口ホームドラマ◉シンプルなラブストーリー

十二月一日、日曜日。新聞を広げたら、いきなり「山田太一さん死去」という見出しと笑顔の顔写真が……。

「11月29日、老衰のため川崎市内の施設で死去した。89歳だった」とある。そうか、そういうお歳になっていたんだなあ……と納得するしかない。淋しい。

今でこそ、TVドラマを観ることは、めったになくなってしまったのだけれど、一九九〇年代くらいまでは、ひとなみにドラマも観ていた。とりわけ、山田太一脚本のドラマは見逃せなかった。『それぞれの秋』（'73年）、『岸辺のアルバム』（'77年）、『ふぞろいの林檎たち』（'83〜'97年）……。

一見、ごく普通の人たち、そして普通の家族たち。それでも、普通であることの奥には、人それぞれの思いがあり、迷いがあり、屈託があり、闇もあったりもする。山田太一さんは、そこのところを丁寧に、そしてスリリングに描き出した。「辛口ホームドラマ」と評されたのは、そういうことだったと思う。

――と、こう書いていて、山田太一さんのドラマの数かずを、今すぐ観直したくてたまらなくなってしまった。やっぱり『岸辺のアルバム』がベストかなあ……。

山田太一さんは、早稲田大学の教育学部に在学中、同級生に寺山修司さんがいて、親しくつきあい、影響を受けたとい

山田太一さん（2008年）

う。「なるほどーっ」と私は思った。自分には欠けている何か（奔放さとかアクの強さとか？）に惹かれたのでは？　寺山修司に圧倒される中で、本来の自分を見つめ続けてきたのでは？　そういう構図は、ドラマの中でも生かされていた。

＊

フィンランド映画『枯れ葉』をオススメします。監督はアキ・カウリスマキ！

映画館で知り合った中年男女のラブストーリー。といっても華やかさは全然ない。言うまでもなく金持ちでもない。失業中の男と、ひとり暮らしの女。

ただそれだけのシンプルな話で、なおかつ感情表現もつつましい（まるで日本人みたい？）。アキ・カウリスマキ監督が小津安二郎映画をリスペクトしているというのも、「あっ、やっぱりね……」と思わせる。

アキ・カウリスマキ監督は一九五七年生まれ。『真夜中の虹』『マッチ工場の少女』『浮き雲』『ル・アーヴルの靴みがき』など、無愛想のようで胸にしみる映画の数かず。観終わった時の、後味も、よし。

（２０２３年12月24日号）

◉小津ごのみ◉『ペーパー・ムーン』

十二月十二日。私にとっては、ちょっとばかり特別な日。小津安二郎監督の**誕生日にして命日**でもあるのだった。

一九〇三（明治三十六）年の十二月十二日に東京の深川に生まれ、六三年の十二月十二日に亡くなった……。キッチリ六十歳。ちょっと出来ない芸当（？）でしょう。

というわけで、今年は小津監督の生誕から百二十年、没後六十年なのだった。

二〇〇八年のことだから、もう、十五年も前か。何がキッカケだったか忘れたが、小津映画について、私の思うところを書いてみたい、いや、書かなくてはいけない……なあんて思いつめ、『小津ごのみ』というタイトルの本を筑摩書房から出版させていただいた。ヘタながら、イラストレーションも描いたりして（今は、ちくま文庫になっている）。

＊

話は変わって。十二月十日の新聞に**ライアン・オニール死去**の記事あり。八十二歳――。

TVシリーズの『ペイトンプレイス物語』や映画『ある愛の詩《うた》』で人気を得た人だけれど、私としては『ペーパー・ムーン』（'73年）がベスト。もう半世紀も前の映画だけど。

時代背景は一九三〇年代の半ば。モーゼという名の詐欺師（ライアン・オニール）が、アディと

『ペーパー・ムーン』のライアン・オニール（右）

©Paramount/AF Archivevans/Mary Evans Picture Library/共同

いう名の少女に「私のお父さんなんでしょ」と言われる。モーゼが父親ではないと否定しても、アディは、そばを離れない。女好きのモーゼにとってアディは、やっかいなお荷物なのだったが、アディは、したたか。悪知恵も働く少女なのだった。

というわけで、モーゼとアディはコンビになって詐欺をするようになり、しだいに、ほんとうの父と娘といったふうになってゆくのだが……という話。

バックに流れる「イッツ・オンリー・ア・ペーパー・ムーン」という一九三〇年代の歌が、おおいに効果をあげていた。アディを演じたのは、言うまでもなく、ライアン・オニールの実の娘であるテータム・オニール。当時十歳。小《こ》ナマイキな少女という役柄だったけれど、かわいかったなあ。

そのテータム・オニールも今や六十歳ですよ。テニスのジョン・マッケンローと結婚して、三人の子供を産んだものの、離婚。スキャンダラスな記事を見るたび、私は「あの、頭の回転が速く、小ナマイキで、かわいかったアディが……」とガッカリしてしまう。

と、こう書いてきて、俄然《がぜん》、『ペーパー・ムーン』を、もう一度、観直したくなった。一九三〇年代を背景にした映画が、特に好きなので。

（2023年12月31日・2024年1月7日号）

◉波乱の年末◉トイレ清掃員・平山

謹賀新年。あけましておめでとうございます——と書きたいところだが、暮れに、ちょっとした波乱あり……。

まず、妹が「間質性肺炎の疑いあり」と医者に言われ、再検査。病気のことに疎《うと》い私としては、肺炎と聞いただけで、ギクリ。妹の夫（すごくマジメ）がやって来て、病状についてこまかく説明してくれたのだけれど、こまかすぎて、頭に入らず。ただもうボーッとしてしまう。

ちょうど出版業界で言うところの「年末進行」で、編集者や出版関係者が正月休みを取れるよう、連載原稿の〆切は早めに設定されているので、忙しい。見舞いにも行けず。

さらに、長年、ごく親しくしている浅草のMちゃん（私より八歳くらい若い）の夫であるNちゃんが体調を崩して入院。さらに、妻であるMちゃんは、心配のあまり胆石に苦しみ、同じ病院へ……という事態に。

さすがに私も「トシをとるって、こういうことか」と思わずにはいられない。

毎週末、オランダ在住の旧友K子と俳句（七句）をメールで送りあい、選句しあうのだけれど、さすがに俳句気分にはなれず。初めて、休ませてもらった。

＊

『PERFECT DAYS』
UHD/Blu-ray/DVD 発売中
発売元：ビターズ・エンド
販売元・豪華版 BOX 発売協力：TC エンタテインメント
発売協力：スカーレット

映画『PERFECT DAYS』オススメします。

何と言っても、役所広司が公衆トイレの清掃作業員を演じるというのだから。そして、監督・脚本はドイツ人のヴィム・ヴェンダースというのだから（『パリ、テキサス』『ベルリン・天使の詩』『ブエナ・ビスタ・ソシアル・クラブ』など）。

役所広司演じる平山という苗字《みようじ》に、まず、（頭の中でだが）笑う。小津映画にたびたび出演した笠《りゆう》智《ち》衆《しゆう》の役名が平山だったから。小津映画へのリスペクト……？

何があったか平山は渋谷の公衆トイレの清掃員として働いている。小さな部屋に住む一人暮らし。愉しみは老眼鏡をかけ、寝ころがりながら本を読んだり、音楽を聴いたり、昔風のカメラで樹を撮ったりすること。それが彼にとっての満ち足りた生活――PERFECT DAYSだったのだが……という話。

トイレの清掃員――というのはキツイが、「〝俗〟にまみれながらの〝仙〟の境地」みたいな暮らしぶり。ずうずうしいようだが……なんだか、すごく、わかるような気がしてならない。

「俗」という字は「谷の人」ということで、「仙」というのは「山の人」ということなのだろう。ヴィム・ヴェンダース監督はドイツ人だけれど、そういうことを感覚的に理解しているんだろうな、と思う。

主人公を演じた役所広司。私は、「ちょっと硬すぎるのでは？」と思ったのだけれど、やがて馴《な》れたというか、違和感は薄らいでいった。

脇の俳優たちのキャスティングも愉しい。柄本時生、田中泯、三浦友和……。ヴィム・ヴェンダース監督、さすが！

（2024年1月14・21日号）

●I君の家●「インフェルノ」の意味

一月二日。能登の大地震ニュース（震度7……）に接して、暗澹《あんたん》としていたら、大学時代からの友人・ツチヤ氏から電話あり。「浦和のI君の家が全焼――」と。

I君は私やツチヤ氏より一学年下。高校は早稲田大学高等学院で、大学では文学部仏文科に進学。高校時代から新宿の風月堂（当時の最先端有名人が出入りするので知られていた喫茶店）にも出没していたようだった。ガツガツと上昇志向を燃やす、というところはまったく無かった。その逆だった。I君はガンで、一九九六年に亡くなった。四十八歳だった。

没後まもなく、ツチヤ氏と共に、浦和のI君の家を訪ね、奥さんのN子さんと語り合うことがあった。N子さんは地下の書庫を見せてくれた。ビックリした。永井荷風全集とか谷崎潤一郎全集とか。シブイ本がギッシリと。

中でも驚いたのは、奇書『二笑亭綺譚《きたん》』まであった！　戦前の東京（門前仲町。私が住んでいる所の近く）に建てられた、ある怪建築の話――。当時の有名精神科医・式場隆三郎が、つぶさに調査し、批評したもの。

いやーっ、まいった！　I君、やっぱりスゴイ。まったく、もう、なんでサッサと逝っちゃったのよ！　生きていたら、二笑亭について熱く語り合えたはずなのに！——と。

今回、地下の書庫だけは焼失しなかったというのが、大きな救い。あの世で、I君もホッとしたのでは？

＊

話が後になってしまったけれど、能登の大地震（最大震度7！）のニュースに胸が痛む。本日の新聞報道では、死者百二十六人となっているけれど、その数は増えてゆくのでは？　報道によると「100人を超す犠牲者が出た地震は、2016年4月の熊本地震（死者276人）以来」という。

昔から、こわいものとして「地震、カミナリ、火事、おやじ」と言われていたけれど、断然、地震が一番こわい。コントロールの術《すべ》が無いのだもの。さらに火事とセットになっていたりするものなのだもの。

私が住んでいるマンションを含め、あたり一帯はニョキニョキと高層ビルが建っている。イザという時、当然、エレベーターは利用できず、階段を使うことになるだろう。足腰きたえておかないと……。

などと考えているうちに、フト、アメリカ映画『タワーリング・イン

ビルの倒壊現場で捜索活動する消防隊員ら（石川県輪島市）

フェルノ』（'74年）を思い出した。ほんとうに久しぶりに。

サンフランシスコの超高層ビルが大火事になって、消防士たちが駆けつけ、消火と人命救助に奮闘する——というパニック映画の傑作。スティーブ・マックイーン、ポール・ニューマンをはじめ、フレッド・アステア、ウィリアム・ホールデンなど大スターを投入、パニックの中の人間模様も味わい深いものだった。アメリカでも日本でも大ヒットとなった。私もそうとう興奮して観たものです。

それなのに、「インフェルノ」という言葉の意味は知らなかった。今、辞書を見て、初めて知った。「インフェルノ」というのは、ラテン語のインフェルヌスが語源で、「地獄のような」という意味なのだった。

（2024年1月28日号）

◉ツボちゃん忌◉震度7！

一月十三日。ふとカレンダーを見て、「あっ、ツボちゃん忌だ！」と気づく。

二〇二〇年一月十三日。坪内祐三さんは心不全で亡くなった。六十一歳だった。その死を知らされて、まさに「あっけにとられた」。悪い冗談としか思えなかった。信じられなかった。

告別式に出て、大きな遺影の写真を見ても、なんだか悪い冗談のように感じた。あれから四年後の今は、さすがに、その死を受け入れられるようになった。

それでも、映画を観たり、本を読んだりしている中で、「あっ、これ、面白いから坪内氏に知らせなくては」とか「坪内氏だったら、どういう感想を持つだろう」と思い、数分後、「ああ、もう、いないんだよね……」と、さびしく思う。

身近な人は坪内さんのことを「ツボちゃん」と呼んでいた。私も、いちおう「身近な人」だったのだけれど、何だかテレくさくて「ツボちゃん」とは言えなかった。思い切って、一度くらい、「ツボちゃん」と言ってみたら、よかったのに——と何度でもそう思う。

坪内さんからは多くのことを教わった。初めて会ったのは、坪内さんが雑誌『東京人』の編集者だった頃だから、八〇年代の後半のことだった……。

＊

地震で隆起して、海だった場所（右手前）が陸地となった鹿磯（かいそ）漁港（石川県輪島市門前町）

東京は、今日も冬うらら。わずかに寒風は吹くものの、空は明るく、公園の樹々はキラキラとさざめいている。今さらながらに、ありがたいことだと思わずにいられない。

新聞を広げれば、能登の大地震のその後が伝えられていて、胸が痛む。石川県の発表によると（一月十五日午後二時現在）、死者二百二十二人、安否不明者二十二人——。

今回の能登の地震は（海底の）地盤隆起によるものと言われている。そう言われても、なかなか具体的にはイメージは浮かばない。この地球というものも、ひとつのイキモノのようなもので、地底では押し合う動きをせずにはいられない——ということなのだろうか？

　さて。窓の外を眺めれば、超高層ビルが林立。はたして、震度7に耐えられるのだろうか？——と、一瞬シラケた目で見てしまうのだが、私が今住んでいるマンション自体も十五階の高層マンションなのだった……。八階まではオフィスで九階からが居住者専用。イザという時、私は少しでも地べたに近いほうがいいと思って九階にしたのだった。

　そうそう。忘れていたが、昨年の九月一日は関東大震災（一九二三年）から、ちょうど百年目の日だったのだ。都心で技師をしていた祖父は生き延び、当時の被害写真をたくさん持っていたけれど、〝教育的配慮〟か、見せてはくれなかった。そうとう悲惨な写真だったのだろう。


（2024年2月4日号）

◉プロですねー◉ホントの金持ち

　ぐんにゃりとソファに身をゆだねてTVの相撲中継を観ていたら、珍事、発生！

　霧島vs.北勝富士戦の激しいもみ合いの中で、三役行司の木村容堂（現四十二代式守《しきもり》伊之助）が霧島に接触してしまったのだろう、土俵外へと吹き飛ばされてしまった。ハズミで烏帽子《えぼし》と草履《ぞうり》が脱げてしまったものの……さすがプロは違う。目はちゃんと土俵上を見ていたのだろう。すばやく烏帽子と草履をつけ、土俵上へ。霧島への勝ち名乗りをあげた。

　観客は笑顔で拍手。TVを観ていた私も思わず拍手。行司としては、きっと、こういう事態もありうる、その時はどう対処するかということも想定内なのだろう。とにかく最短時間で、平常を取

霧島と北勝富士の取組の最中に倒れ込み、起き上がって烏帽子をかぶろうとする行司の木村容堂（奥）

り戻した。プロですねー。気持ちがいい。

フト、思ったのだけれど、力士にぶつかって土俵下に飛ばされたり、土俵上で力士と激突してしまったり、草履が脱げてしまったり……ということはこれまで無かったのか？　私はそういうシーンを見たことは無いのだけれど……。俄然、力士ばかりではなく行司の動きにも注目したくなってきた。

そうそう……。昭和の話になってしまうが、十九代式守伊之助というユニークな行司がいた。小柄で、マッシロなヒゲをたくわえていたので「ヒゲの伊之助」と呼ばれ、ファンも多かった。

横綱・栃錦vs.前頭・北の洋の一番で、伊之助は栃錦に軍配をあげたのだが、審判の協議の結果、「軍配差し違え」となった。伊之助はそれを認めず、「いやだい、いやだい」とばかり、涙の抗議――。そんな事件（？）もあったのだった。私は、故・色川武大さん（マージャンのプロ、作家。ペンネーム・阿佐田哲也）の著書で知って、笑い泣き。

＊

ポール・ダノというアメリカ人俳優の名前を知っている人は、どのくらいいるのだろうか？　ア

『ダム・マネー ウォール街を狙え！』
DVD & Blu-ray 発売中
販売元：ハピネット・メディアマーケティング

ッと驚く美青年でも無いし、見た目に強力な特徴も無いので、そんなに知られていないような気がするが、私は好き。

少年時代から、何だか面白い味のある顔の子だなあ、と注目していた。『ゼア・ウィル・ビー・ブラッド』（'07年）、『ルビー・スパークス』（'12年）、『スイス・アーミー・マン』（'16年）など。一九八四年生まれというから今は三十九歳か。

最新の出演作は『**ダム・マネー　ウォール街を狙え！**』。SNSを通じて結集した個人投資家たちが、金融マーケットを席巻するのだが……という話。実話をもとにしたという。

投資というものに、まったく興味も知識もないのだけれど、面白く観た。投資というのは「濡れ手で粟《あわ》」みたいなものなんじゃない？　私の頭の中では、「金のことを考えずにすむ」というのがホントの金持ちというものだと思っているので、金について一喜一憂するのは金持ちとは言えないのだ——と思っている。それでも、この『ダム・マネー』は、何だかスポーティーな味があって、スンナリと面白く観たのだった。

（2024年2月11日号）

◉ユダヤって…⁉◉極度の小心者

恥ずかしながら、いまだにユダヤ人問題というのが、よくわかっていない。洋画はたくさん観ているというのにね。

シェイクスピアは『ベニスの商人』で強欲なユダヤ人の金貸しであるシャイロックを登場させた。ナチス・ドイツは占領地などのユダヤ人を大量虐殺した（六百万人ともいわれる）。宗教というものに、まったく疎いせいもあって、なぜそんなにユダヤ人に対して差別意識を持つのだろうと不思議に思う。

そんな無知な私でも、ユダヤ系といったら、アインシュタイン、フロイト、カール・マルクス、スティーブン・スピルバーグ、ウディ・アレン……といった各界の大物の名が頭に浮かぶ。やっぱり、どこか、独特のすぐれた知性や感受性を持った民族なのだろう。「ユダヤ・ジョーク」と呼ばれる「笑い」の文化も有名だしね。親近感を持たずにはいられない。

一九四八年にイスラエルが建国された。ユダヤ人の国として。それはユダヤ人にとっては悲願だったろう。ところが、すでに、その地に住みついていたパレスチナ人にとっては、とんだ悲劇。難民として生きることになったのだから……というわけで、パレスチナでは武装組織ハマスが台頭。イスラエルvs.ハマスという構図に……。

頭の中クラクラ。いったいどちらを応援（?）したら、いいんだ⁉　洋画を観るには、やっぱりユダヤ人問題くらいは知っておかないと……そう思って頭の中を整理してみたつもりだけれど、なんだか、混迷を深めてしまったような気もする。

*

さて、映画の話。アメリカ映画『ボーはおそれている』をシミジミと面白く観た。

ホアキン・フェニックス演じるボーという名の中年男は、極度の小心者。いつも何かにおびえている。頼りになるのはママだけだったのに、そのママが急死！　頭の中、パニック。ママのもとへ駆けつけようとするが、それは恐怖と混乱の旅となった……という話。

主人公のボーは白髪頭の中年男だけれど、まるで『不思議の国のアリス』のホラー版のように思った。次から次へと、ボーをおびやかす人物や物事に出会ってしまうのだ。

外界はどこまでも明るく整然としているのに、ボーの頭の中は混乱をきわめているのだ。そのギャップが面白く、味わい深い。いつしか私もボーの心になってしまう。快作です。

（２０２４年２月18・25日号）

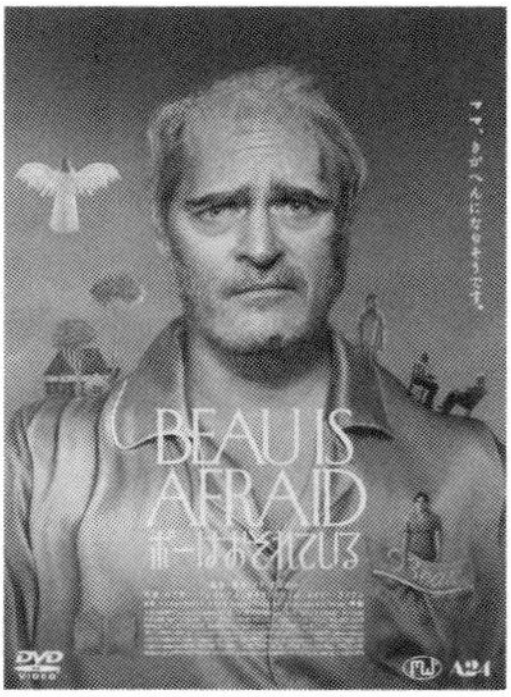

『ボーはおそれている』
DVD & Blu-ray 発売中
販売元：ハピネット・メディアマーケティング

2024年2・3月

セーターのほつれ直す夜母を恋ふ

◉懐かしい町◉懐かしい人

先日、用事があって妹と共に、お茶の水へ。隣町の神保町には、たびたび出かけているけれど、お茶の水は久しぶり。

もはや大昔の話になるけれど、私は大学卒業後、お茶の水の某出版社に就職（結局、会社勤めは二年間しかもたず、フリーのライターに）。その出版社も、だいぶ前にヒッコシしたのだけれど、その痕跡が、わずかながら残っていて懐かしい。

主婦雑誌をメインにした出版社で、社員用の大きめな食堂があり、社員一同（お偉いさんから下っぱまで）同じ昼食をとるのだった。

恥ずかしながら、私は魚が苦手で、メニューが魚の時は、向かいの「山の上ホテル」の食堂へ……。こぢんまりしていて、ぎらついたところが無い、いいホテル。一度、ひとりで一泊してみたこともあった。

懐かしさにかられて、妹と共に山の上ホテルへと向かったのだけれど、アラ、残念。休業中になっていた。建物の老朽化（創業七十周年）によるものだという。ガッカリしてスマホで検索してみたら、まさに、その日からの休業なのだった……。

＊

TVをつけっぱなしにしていたら、「ニューヨークの地下鉄駅のホームで銃撃事件」というニュースあり。

まだ詳細はわからないが、若者グループどうしの口論が銃撃戦になって、駅のホームにいた六人が被害に遭い、そのうち三十四歳の男の人が死亡。さらに五人が重軽傷という惨事に。今の時点では容疑者は捕まっていない……という。

駅のホームで銃撃戦なんて、日本では、まず、考えられない。いや、それ以前に、たかが若者どうしの口論が、即、銃撃戦になるなんて。おまけに、まったく無関係な人たちを銃撃して死なせてしまったり、重軽傷を負わせてしまうなんて……。

何だか重苦しい気持ちになりながら、書庫（という程でもないが）の整理。その中から、数年前に買った『寺島町奇譚（全）』（滝田ゆう著、ちくま文庫）がポロリと出てきた。二冊分くらい厚みのある一冊。二〇〇八年頃に買ったもの。巻末の「解説」は吉行淳之介というのも、ありがたい。

ずいぶん前に買って読んだので、だいぶ忘れているはずと思い、読み直してみたのだけれど、案外シッカリ思い出せた。雑誌『ガロ』での掲載の頃からの、私は滝田ゆうマンガのファンなのだった。

滝田ゆうさんは、東京・下町の、玉の井遊郭で育った人。人物は、ほぼ二等身に描かれている。どちらかと言えばシンプルな描線なのだけれど、その人物像の数々は——いや、猫や犬たちも、妙にリアル。生き生きとしている。主人公のキヨシ（小学生）も、その家族の描写も妙にかわいい。

駆け出しライター時代、滝田ゆうさんにインタビュー取材したことがあった。飾り気なく、楽しい人だった。懐かしい人。一九三一年生まれ。九〇年、五十八歳で亡くなった。

（2024年3月3日号）

◉世間知らず◉小澤征爾の武者修行

二月十八日（日）、夜。いささか不快なことがあった。

長年親しくしている浅草の友人夫婦の夫のほうの退院祝いをするべく、近くの中華料理店へと出かけたのだが……店内は珍しくすいていて、私たち三人と若い女五人＋オヤジ三人のグループだけだった。

女五人は声高にシャベリまくり、ゲラゲラと笑い合っていた。オヤジ三人は、注意することもなく、ほとんど無言。黙々と食べているばかり。

店の人は気を利かせて、離れた席にしてくれたのだろうが、離れていても、目にも耳にも入ってしまう……。とんだ退院祝いになってしまった。

女の子たちが、つかのまの解放感で高揚しているんだなあ……と察したものの、だからといって、やさしい気持ちにはなれなかった。私にもう少し「勇気」と「親切心」があったら、ひとこと注意しただろうが……。

私も若い頃は世間知らずのバカだった（今だに……という感じもあり）。大学生の頃、喫茶店のウェイトレスのアルバイトをしたことがあった。気が利かず、店主のオバサンには何度か注意された。こわいオバサンと思ったけれど、今は叱ってもらって、ありがたかった――と思っている。

それでも、今でも気が利かない。自分のことしか考えられないのか!?　サービス業は絶望的に無理――。

*

二月六日、指揮者の小澤征爾さんが亡くなった。八十八歳。

中三か高一の時だったと思う。私はクラシック音楽の世界にたいした興味は持たずにいたのに、なぜか『ボクの音楽武者修行』という本を読んで、わくわくした。クラシック音楽の世界にも、こんな行動的というか、大胆不敵な人もいるんだな、と。

数年後、私と妹が読んでいたファッション雑誌のモデルの入江美樹さんと結婚。ヒイキのモデルだったので、二人とも「お目が高い」という気持ちに（その前の結婚相手のピアニスト・江戸京子さんも品格のある美人だった……）。

入江美樹さん（1962年）

入江美樹さんの父は白系ロシア人で、母は日本人。結婚前の本名はイリン・ベラだったという。「白系ロシア人」というのは、ロシア革命（一九一七年）を逃れて国外に亡命した人々のことなのだった。

そう言えば……私が二年ほど勤めていたお茶の水の出版社の近辺には、ロシア料理店や喫茶店がいくつかあって、当時はあんまり知られていなかったピロシキだのボルシチだのを珍しがって食べていた。その中のいくつかの店は今でも続いている。お茶の水、九段、神保町……このエリア、やっぱり好き。

（2024年3月10日号）

◉タイム・トラベル◉犬、犬、犬

私的な話で申し訳ないのだけれど……先日、昭和の昔にどっぷりとタイム・トラベルした気分になった。

私は大学卒業後、一年間のアルバイト生活をした後、お茶の水の老舗《しにせ》出版社に就職。同じ部署の女子Uさん、そして隣の部署のMさんとすぐに親しくなった。

上司はやさしくしてくれた（マージャンまでミッチリ教えてくれたりして）。給料もいいほうだったのでは？　それなのに二年目あたりから、何だか、「このままでいいのか？　もっと、ほんとうにやりたいことがあるんじゃないか⁉」と思うようになってしまった。三人とも。

結局、Mさんは超有名な化粧品会社の試験を受けて、（今で言えば）スタイリストに。Uさんは有名なイラストレーターのアシスタントに。そして私は名も無きフリーのライターに。

それぞれ環境の変化がいろいろあって、会うこともなくなっていったのだが……。ちょっとしたキッカケがあり、ほとんど半世紀ぶり（？）に会うことになったのだ。

いやー、三人ともスゴイいきおいでシャベリまくりました。笑いました。MさんもUさんも、どこか、昔のまんま。二人は主婦経験者だから、ちゃんとオトナっぽくは、なっているのだけれど。

フト、気がつくと、夜になっていた。「また会おうね」と言い合って別れた。

若き日の思い出を共有できる友だちがいる、ということの有り難さ。お互い、ボケまくる前に再会しておいて、よかった……。

＊

『DOGMAN《ドッグマン》』。多くの人にオススメできるタイプの映画ではないけれど、私は好き。明朗さとは対極の、ダークで歪《ゆが》んだ感触の映画なのだけど。

何しろ主人公の青年は、ひとりぼっちで女装趣味あり。もともと犬小屋で育てられ、犬にしか心をひらけないという悲惨な人生を歩んできたのだった。生きてゆくために犯罪に手を染めてゆく中で、「死刑執行人」と呼ばれるギャングに目をつけられることとなり、必死の抵抗をするのだった……という話。

『DOGMAN』
DVD & Blu-ray 発売中
販売元：ハピネット・メディアマーケティング

さまざまな犬種の犬たちに目を見張る。撮影現場はどうだったかわからないものの、スクリーンで見る限り、けっこう統率が取れている感じ。現場は犬の匂いが充満していたのだろうが、映画だから当然、匂いナシ（助かるわあ〜）。すごく好みの犬もいて、うれしい。DVDになったら、落ち着いて犬種をチェックしたい。
何だが胸がヒリヒリとするような映画だった。脚本・監督はフランスのリュック・ベッソン。一九五九年生まれの六十四歳。こんな風変わりな話を思いつくなんて……。見直しました。

（2024年3月17日号）

◉映画兄弟◉イランのキアロスタミ監督

三月二日。新聞に、イタリアの**パオロ・タヴィアーニ監督の訃報あり**。九十二歳だったというから、文句は言えない。

タヴィアーニ監督には、二歳上のヴィットリオ（二〇一八年、八十八歳で逝去）というお兄さんがいて、ともに映画好き。映画史的にも珍しい兄弟コンビの映画監督になった。

私が初めて見たタヴィアーニ兄弟監督の映画は『父 パードレ・パドローネ』（'77年）だった。イタリアの奥地で羊飼いをしている頑固で粗野な父と繊細で理知的な息子の物語――。実話をもとにした映画で、胸かきむしられる名作です。

『父 パードレ・パドローネ』に続き、タヴィアーニ兄弟監督は『サン★ロレンツォの夜』（'82年）、『カオス・シチリア物語』（'84年）、『グッドモーニング・バビロン！』（'87年）など次々と。こう書いているだけで、懐かしく、わくわくしてしまう。

これも、ひとえに川喜多《かわきた》和子さんのおかげだったのだと思う。洋画（おもにヨーロッパ映画）を買い付けるフランス映画社の川喜多和子さんは目利《めき》きだったばかりではなく、海外の映画界に多くの人脈も持っていた。

そんな〝大物〟であるにもかかわらず、試写会の上映が終わると出口で待ちかまえていて、「どうだった？」と感想を求めるのだった。映画評論家でもない私にまでも。私は川喜多さんの率直さが好きだった。

一九九三年六月七日、川喜多和子さんは亡くなった。五十三歳という若さで……。やがて、フランス映画社は破産ということに……。あれからもう三十年も経つのか！　淋しい。

＊

三月四日、ＮＨＫの『**映像の世紀バタフライエフェクト**』はイスラエル建国をテーマにしていた。中東への興味は薄い。それでもイランの映画監督のアッバス・キアロスタミ監督の映画は好きだった。『友だちのうちはどこ？』（'87年）、『オリーブの林をぬけて』（'94年）、『桜桃の味』（'97年）、『トスカーナの贋作《がんさく》』（'10年）、『ライク・サムワン・イン・ラブ』（'12年）……。

イランのアッバス・キアロスタミ監督

小津安二郎監督映画から多くのことを学んだ人らしく、ドラマティックなところはなく、淡々とした日常的な物語ばかり。だからといって小津映画のモノマネといったものではなく、独自の味わいもあって、私は好きだった（二〇一六年に逝去。七十六歳）。恥ずかしながら、『５ｆｉｖｅ

〜小津安二郎に捧げる〜』（'03年）というドキュメンタリーは、私は見逃していたけれど。
やっぱり映画の世界、クロサワ、オズは永遠みたいね。

（2024年3月24日号）

◉村山さん、百歳！◉3・11そして1・1◉『オッペンハイマー』

三月四日。新聞を広げて、エッ!?と目を見はる。一九九四年から九六年まで内閣総理大臣をつとめた村山富市さんが、きっちり、百歳を迎えたという。

大正の末期に大分県で生まれ、昭和の大きな戦争を体験し（学徒出陣）、戦後は地元の労働組合で活動。やがて日本社会党から立候補、県会議員に。さらに七二年から国会議員に。九四年には、「自社さ連立政権内閣」のもと、内閣総理大臣に……。結局、一年半後の九六年の一月に退陣——。

どう見ても政界には珍しく、「普通の、いい人」という印象。よくも悪くも（?）。九十歳を超えても地道な政治活動をおこなってきたという……。

＊

十日。『NHKスペシャル』では「語られなかったあの日　自治体職員たちの3・11」と題して、当時の記憶、そして住民の人たちの今に至る思いの数かずが語られた。千人以上に聞きとりをしたという。

東日本大震災が発生したのは二〇一一年の三月十一日だったから、十三年も前のことになるのか。当時、小学生だった子どもたちが泣きわめくこともなく、キビキビとガレキを片付ける姿に胸打たれたものだけれど、そうか、その子たちも今や二十代……オトナになっているのだった。

あまりにも壮絶な体験だったので、当時はオイソレと語ることもつらすぎてできなかったという人もあり。自治体では多くの遺体をどうしたらいいのか？——という迷いや苦悩もあったという。

それから十三年後の一月一日。石川県の能登半島が最大震度7の大地震にみまわれた……。地震自体をとめることはできないのだから、できるかぎり被害を小さくする工夫や対策を講じるしかないのだ。頭のいい人、がんばって思いついてほしい！

＊

さて。アメリカ映画『オッペンハイマー』は、必見。

何しろ、オッペンハイマーは原爆というものを生み出した科学者なのだから。上映時間・三時間にわたる映画だけれど、大きくダレることはなかった。

第二次世界大戦のなか、アメリカは極秘の「マンハッタン計画」を立ちあげる。オッペンハイマーは優秀な科学者たちのトップとして原爆を開発。日本に投下され、

『オッペンハイマー』
DVD & Blu-ray 発売中
発売元：BCユニバーサル・エンターテイメント

その圧倒的な惨状に胸を痛めるのだったが……という話。

オッペンハイマーを演じたのはキリアン・マーフィー。以下、ケネス・ブラナー、マット・デイモン、ジョシュ・ハートネット、エミリー・ブラントなど。アインシュタイン役はトム・コンティ……。というわけで、渋めのオールスター映画でもあるのだった。

他の国の人が観たら、どうなんだろう。日本人としては痛切な思いをかきたてられると同時に、オッペンハイマーの苦悩にも共感せずにはいられないのだが……。


（2024年3月31日号）

◉『ながらえば』◉春の季語

何がキッカケだったか、このところ、脚本家の山田太一さんのことをしきりと思う。

昨年の十一月二十九日に逝去。八十九歳。大病ではなく老衰だったというから、しかたない。

その時の新聞には、市川森一《しんいち》さん、早坂暁《あきら》さん……脚本家・御三家というべき三人の集合写真が大きく添えられていた。市川森一さんも、早坂暁さんも、すでに旅立たれていた……。

三人とも、映画ではなくテレビの世界で、どこまで良質の、リアリティーのある人間ドラマを伝えられるかを模索してきた人たちだったと思う。

私は映画を観ることが多く、TVドラマを観ることは少ない。それでも山田太一さんのドラマは、おおいに興味を持って観ていた。登場人物は、たいてい、平凡で普通の人たち。それでも心の中では、一筋縄ではいかない複雑微妙な思いをかかえていたりする……そういう人物描写の「ほんとう

山田太一原作『ながらえば』
発行・販売　NHKエンタープライズ
DVD発売中　©2013 NHK

らしさ」に惹《ひ》かれたのだと思う。

　自慢たらしく書くが、山田太一さんにインタビューさせていただいたことあり。NHKドラマ『ながらえば』（'82年）の頃だったと思う。想像通り、おだやかな話しぶり。でも、きっと、イザという時は自分を絶対に曲げたりはしないのでは？　硬骨の人なのでは？――とも感じた。

　と、こう書いていて、むしょうに『ながらえば』を観直したくなってしまった。笠智衆の「俳優だましい」を引き出した名作と思う。

『それぞれの秋』『岸辺のアルバム』『想い出づくり。』『早春スケッチブック』も熱心に観ていた。映画を追いかけるのでイッパイで、TVドラマは敬遠していたというのに……。やっぱり、ドラマのよしあしは脚本によるものかなあ、とも思う。

＊

　もっか、まんまと花粉症。目がかゆく、クシャミ連発、頭は（いつにも増して）ボーッとしている。

　自慢にも何にもならないけれど、私、子どもの頃（中学生の頃からだったかな）、春になると決まって目がかゆくなるのがイヤだった。べつだん病院に行くほどではなかったけれど……。今にして思う、花粉のせいだったのか、と。

先日、フト、「もしかして花粉症って春の季語になっている？」と思って季語辞典を見たら、はい、ちゃんと季語に認定されていた。「松の花粉」「杉の花粉」「花粉症」などと。ほんのちょっと、花粉を憎む気持ちが薄らぎました。

（2024年4月7日号）

◉本のゆくえ◉浦和の子◉オリコウちゃん

ごくプライベートな話になってしまうのだけれど、うん、やっぱり書かずにいられない。

先日、大学時代からの友人・ツチヤ氏に誘われて、久しぶりに浦和のＩ君宅へ――。

ツチヤ氏とＩ君は早大在学中ばかりでなく、卒業後も親しい仲だった。Ｉ君は亡くなって、大変な数の本が残った。

奥さんのＮ子さんは、ずうっと、その本たちを手ばなすことなく守ってきたのだけれど、前述のように火事に襲われ、これから先の暮らしを考えて、高齢者中心のマンションへの入居を決意。さて、焼失をまぬがれた大量の本（そして数々のレコード）をどうしたらいいのか⁉と悩んでいるのだった……。

Ｉ君が亡くなった直後、地下の書庫を見せてもらったことがあって、そこの棚にギッシリとおさまっている本の数々に目を見張った。「知る人ぞ知る」という名著、さらに怪著（？）がズラリ。そしてＩ君好みの雑誌の数々も……。

私も本は好きで、たいせつに思っているのだけれど、いやはや何とも、私なんかとは「レベルが違う」。質・量ともにスゴイ。私、某新聞の書評委員なんてやっていたこともあるのよ、シャアシャアと。今さらながら恥ずかしく思った。

＊

私は浦和の子だったけれど、父も母も逝ってしまったので、浦和を訪ねたのは久しぶり。駅前の様子からしてガラリと変わっていた。

以前は駅前にコマゴマと商店や喫茶店などが並んでいたのだけれど、大型のビルの中に吸収されたようで、うーん、何だか淋しい。今や、どこの町もそんなふうになっているのよね。

昔は、ここはカバン屋だったのに……その脇の小さな路地の小さなビルの二階に大人っぽい喫茶店があったのに……と、いちいち思い出しながら、ひとめぐり。

何もかも変わる。それは当たり前のことなんだ、仕方ない……と、ちょっと淋しく思いながら、フッと思った。「いや、変わらない町もあるよね、神保町！」——と。はい、特殊な町ではあるけれど。

＊

三月二十一日、夜。『笑える！泣ける！ 動物スクープ１００連発』と題した三時間番組——。

神田神保町2丁目の古書店街（1962年、池田信撮影）

ついつい、シッカリ観てしまう。
猫もかわいいが、やっぱり私は犬派。「強盗から主人を守るため殴られ撃たれた犬」、さらに「骨折した母犬が赤ちゃんを救うために3キロも人を誘導」、さらにさらに「倒れた主人、病院で待ち続けた忠犬」と題した映像に笑い泣く。
なんて、オリコウちゃんの、いい子なんだろう！と。「忠犬ハチ公」ばかりじゃない。けなげ！　かわいい！　偉い！　抱きしめたい！
今住んでいるマンションでは犬は飼いにくい。友人夫婦のオリコウ犬は、今は天国に。「老後は犬と共に」と夢見てきたのだが……あらっ、もしかして、すでに老後か。どうしよう……？

（2024年4月14日号）

●男女棲み分け社会？

『女ことばってなんなのかしら？――「性別の美学」の日本語』（平野卿子著、河出新書）が面白く、一気に読んだ。

タイトルの「女ことばってなんなのかしら？」が、まず、楽しいじゃないの。著者がキョトンと小首《こくび》をかしげているかのようで。

業界で言うところの帯（表紙の下のほうにはさんだ、内容紹介の短文）も興味を惹く。「思えば、自分がそれまで文字通り吐く息のように『女ことば』をしゃべっていたことを、わたしはこのとき生まれて初めて意識したのでした。同時に、わたしのなかに小さな疑念が生まれました。日本にはなぜ女ことばがあるの？　女ことばってなんなのかしら？」――。

言われてみれば……ほんとうにそう！　英語もドイツ語も（たぶん、フランス語やイタリア語も）、日本ほど、特に女ことばというものは無いのかもしれない。

著者は、三十年ほど前、ドイツの小説を翻訳していたとき、男同士の殴り合いの場面を訳しながら、それまで味わったことのない高揚感を感じている自分に気がついたという。

そして、「日本にはなぜ女ことばがあるの？　女ことばってなんなのかしら？」と、あらためて考えるようになったという。

というわけで、著者はさまざまな角度から女ことばの功罪を検証（？）してゆく。さらに、騎士道と武士道との決定的な違い。かつての東映の任侠《にんきょう》映画『昭和残侠伝』シリーズに見られる「男の美学」のありかたなども。

『女ことばってなんなのかしら？』（河出新書）

女ことばって
なんなのかしら？
「性別の美学」の日本語
平野卿子
河出新書

西洋諸国が「カップル社会」なら、日本はさしずめ「男女棲《す》み分け社会」……という指摘にも、「うーん、確かにそうかも！」と思わずにいられない。

終盤の「女子力が高い」と称したくだりにもギクリ。「食べることにはあまり興味がないと思われるドイツ人の間でさえ『男心をつかむのはうまい手料理』ということわざがあるくらいですから。つまり、料理は家事のなかで最も『女らしさ』を体現しているのです」「『デキる女は料理もうまい』を自覚している人です。たとえ本人が意識していなくても、そこにはやはり『女らしさ』の呪縛が潜んでいるように思います」

「こういう『スーパーウーマン』は、仕事を『男並み』にこなしながら、『らっきょうだって漬けるし、カレーだってルーなんか使わない。出汁《だし》だってちゃんととる』。それ自体は結構なことでケチをつける気は毛頭ありませんが、残念ながらここには後に続く働く女たちのやる気をそぐ要素があるのは否定できません」

「そういう人たちを目の当たりにすると、わたしを含め、世の多くの女は、わたしにはとてもそんなことはできないと心が折れそうになるからです」――。

ほんと！　わかるわーっ、私、一人暮らしだけれどね。

というわけで、共感するところが多いのだけど、「女ことば」に関しては私は肯定的。強制されるのはイヤだけど、女ならではの思いやニュアンスを伝えられると思っているので。


（２０２４年４月21日号）

2024年4・5月

校門に桜花びら吹き寄せて

◉昭和歌謡◉不気味の谷

四月六日。NHKテレビ『所さん！事件ですよ　いま昭和歌謡がアツい!?世界的ブームの理由』という三十分番組。面白く懐かしく観た。

親の世代が楽しんできた昭和歌謡に、若い世代が興味を持ち、親子で楽しんだり、大学では同好のサークルができたり。さらに、アジアの国々にも紹介され、人気を得ているというのだ。五輪真弓の『恋人よ』はベトナム人のほとんどに知られているし、千昌夫の『北国の春』はモンゴル人に人気があるという。

私は歌謡曲が好き。昭和の頃は『夜のヒットスタジオ』（フジテレビ系）や『ザ・ベストテン』（TBS系）が人気番組としてあったのだけれど、いつのまにか消えてしまった。淋しい。

ほんとうによくも悪くもだが、昭和の時代には街に音楽があふれていた。パチンコ店ばかりではなく、喫茶店や商店にも。その時どきの流行歌ばかりではなく、映画音楽のヒット曲も。

と、こう書いていて『三宅裕司のいかすバンド天国』（TBS）という深夜番組をフッと思い出した。今、スマホでチェックしたら、一九八九年二月から九〇年十二月までの放映（まさに昭和から平成に、という時代）。面白かったですねえ。「FLING KIDS」とか「BEGIN」とか「人間椅子」とか。

あらまあ、それも三十五年も前のことだったか。愕然《がくぜん》、そして苦笑。

山崎貴監督

＊

ちょっと前の話になるけれど、三月十三日の朝日新聞に興味深い記事あり。

『ゴジラ－1・0』で米アカデミー賞の視覚効果賞を受賞した山崎貴監督は、授賞式直前、報道陣の取材の中で、最新のAIについてこう語っていたという記事。

「いまAIを触っている感覚からすると、すごい絵ができるんだけど、なんか気持ち悪い」――と。

私はAIの知識も興味もない人間のくせに、「そうでしょう、そうでしょう」と思う。

山崎監督は、さらに、こう語る。

「ロボットやCGの世界では、『不気味の谷』と呼ばれる現象が語られてきた」――と。「作られたものが人間に似てくると人は親近感を持つが、ある段階から急激に嫌悪感に変わるというものだ」

「（別の生命体が）人間のことをすごい勉強して、『おまえらこれ好きだろう』といって、すごい絵を出してくるんだけど、根本的な感性が違っているから、すごいいいんだけど、なんか変という」……。

その感覚、その気味の悪さ……わかる！　想像できる！　なぜ気味悪く感じるのかは説明しがたいけれど。「不気味の谷」や「なんか変」という感覚、たいせつ。理屈で説明できなくても、かまわない。

（2024年4月28日号）

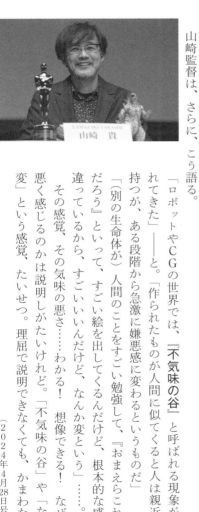

◉日記魔ロッパ◉男のロマン?

もはや四年にわたるコロナ禍。その単調生活のせいか、はたまたトシのせいか、私、めっきり忘れっぽくなっているような気がしてならない。

好きだった映画のタイトルがパッと思い出せなかったり、転んで手首を骨折して入院したのは何年前のことだったか忘れていたり。まずい……。

日記をつける習慣がないのも、いけないのだろう。手帳には、ごく簡単にメモしているものの、簡単すぎて、面白くも何ともない。以前だったら、簡単なメモ程度でも、それにまつわる記憶がパァーッと浮かびあがってきたのだけれど、近頃は、そうはいかない。しっかりディテールまで書いておかないと、記憶が曖昧になってしまうのではないか?と。

しょうがない、日記をつけることにした。今まで何度も、そう誓ってきたのだけれど、ほんの数日で、めんどうくさくなって、やめてしまうのだったが、今回は本気。

特に書くことがなくても、面白く思った新聞や雑誌の記事のキリヌキを貼りつけただけでもOKとする。とにかく、(すごく大ゲサに言えば)生きていることの証《あかし》みたいな気分で。

そうそう、フッと思い出した。「エノケン・ロッパ」と並び称された古川ロッパは、大変な日記魔だった。華族出身のインテリで、文芸的センスも豊か。晩年は結核との闘い。自身の闘病の様子も、なまなましく克明に書いている(八〇年代に出版された『古川ロッパ昭和日記』晶文社)。

*

アメリカ大リーグのドジャースで活躍している大谷翔平選手の専属通訳だった水原一平氏の一大スキャンダル！　違法賭博に手を出したあげく多額の負債。大谷選手の銀行口座から約二十四億五千万円を不正送金という、にわかには信じられない高額なのだった。

まったくもう、大谷選手に対して「恩を仇《あだ》で返す」というもの。大谷選手が、いくらお金持ちであっても、情け深い人であっても、許されないことだ……ということくらいは自覚しているのだろうが。怪しい筋の人びととというのが存在していて、大金を渡さなければ殺される……というところまで行ってしまったのだろうか。

第一報を聞いた時、私はエッ!?と驚いた（みんな、驚いたとは思うけれど）。あの、ごく普通で地味な見かけの「一平ちゃん」が、大変なギャンブル好きとは！　まったくもって、人は見かけによらないものだなあ、と。

ギャンブル好きって、たいてい男ですよね。女のギャンブル好きって、あんまり聞いたことが無い。私もギャンブルには興味が薄い。いわゆる「男のロマン」というやつ？

（２０２４年５月５・12日号）

◉そのネーミング◉何でもグルメ

四月十六日。TVニュースを聞いて、ドッキリ。

栃木県那須町で男女二人の焼死体が見つかった、というではないか。事故ではないというニュアンスの報道だった。「エーッ、あの清らかな那須の地で!?」と驚いた。

焼かれてしまった男女二人は、東京・上野駅付近の繁華街で、焼き肉店や居酒屋など複数の飲食店を経営していた男性とその妻とみられるという。

男の人（五十五歳）の名が、宝島龍太郎というのが、何だかスゴイ。本名ではないのだろう。そのネーミング、失礼ながら（?）マンガ家・ジョージ秋山の名作『銭ゲバ』の主人公、蒲郡《がまごおり》風太郎を連想してしまう。

すぐに容疑者が出頭し、逮捕された。建設業の平山綾拳《りょうけん》という人。二十五歳だという。そんなに若い人とは思わなかった……。はたして、彼ひとりの犯行なのか？

フザケて書くわけではないが、平山という苗字は、小津映画における笠智衆の、おなじみの役名なので、すごい違和感——。

案の定、警察の取り調べには「指示された」と供述しているという。

つくづく上野という街の多面性を思わずにはいられない。上野には、オペラやクラシックやバレエが演じられる東京文化会館があり、さらに国立西洋美術館や東京都美術館があり、さらに不忍池もあり、落ちついたアカデミックな雰囲気が漂っている。

外国人観光客も目立つ「アメ横」

さて、上野公園の石段をおりると、ガラリ変わって、まさに下町。老舗はもちろん、こまごまとした店が並び、鈴本演芸場、お江戸上野広小路亭、黒門亭などがあり、さらに「アメ横」も……というユニークな街なのだ。好き。

＊

こういうことを書くとヒンシュクを買うんだろうな……と承知しているのだけれど、うーん、やっぱりヒトコト言わずにはいられない。

今の（といっても、だいぶ前から）ＴＶ番組は、やたらと「食」がらみ。バラエティー番組でも旅番組でも食べ物を登場させる。何でもかんでも「グルメ」と称して（フランス語である「グルメ」は、本来、美食家とか食通という意味の言葉なんでしょう?）。「食」関係の店を訪ねて、食べてみせるのはまだしも、スタジオの中で食べてみせるのは、見苦しく感じてしまう。

撮影機材がゴチャゴチャある中で、カメラを向けられて、ほんとうに、しんそこ、おいしいと思えるものだろうか?

とりあえず、何でもかんでも「グルメ」と称するのは、やめてもらいたい。もはや日本語になってしまっているかのようだけれど。

（２０２４年５月19・26日号）

◉ひとたらし丹波哲郎

ズシッと厚い新刊本――『丹波哲郎　見事な生涯』（野村進著、講談社）が予想通りの面白さで、一気に読まされた。

書き出しは、こうだ。「幼少期を振り返るとき丹波が真っ先に思い出すのは、祖父母の家屋敷のありさまだった。祖父の丹波敬三は、都内の駒込・妙義坂に二千坪を超える土地を所有していた……」

「丹波家は平安時代から千百年以上も続く医家で、初代の丹波康頼《やすより》は『日本最古の医学書』とされる『医心方《いしんほう》』を著した」――という名家で、使用人が多数おり、イギリス人の運転手もいた。当時はまだ珍しかったロールスロイスもあった。

というわけで、丹波は「子どものころ、白人はみんな使用人と思っていた」……。

『丹波哲郎　見事な生涯』

そんな大変なお坊っちゃまが、敗戦のその年に、チェーホフの『桜の園』の公演を見て、「私は、舞台という一つの〝世界〟を回転する、俳優という職業の魅力にとりつかれた」――。

丹波の背中を押したのは、母・せんの言葉だった。「一生をかけて悔いのない、一つのことをさがしなさい。そして、おそれずにその道を行け。成功しようとは決して思うな。ただ真剣であれ」と言ったという。

すでに同棲していた恋人・貞子もシブシブではあったものの、芸能界入りを認めた。

いざ、その世界に入ってみると、ベテランの監督たちから「態度がデカい」と不興を買い、起用されなかった――というのが、うーん、何だかほほえましい。丹波は誰に対しても「対等」と思っていただけなのだろう。結構なことじゃないか。

私が丹波哲郎に注目したのは、たぶん小林正樹監督の『切腹』。

銀座・並木座でのリバイバル上映。丹波が演じたのはプライド高く、理詰めで非情な武士。喰《く》い詰めた浪人（石濱朗）を壮絶な切腹へと追いやるのだが……という話――。

浪人の義父で、ウラミを晴らすのが仲代達矢。丹波の上司（？）を演じたのは三國連太郎――という堂々のキャスティングの映画だった。

昭和が終わり、平成に入った頃、『丹波哲郎の大霊界　死んだらどうなる』（'89年）という映画がシリーズで発表され、話題を呼んだ。私はエッ!?と驚き、さっそくインタビューさせてもらった。

どうやら、死後の世界は、案外、ディズニーランドっぽく、楽しいものらしいな、という感想しか持てなかったのだが……。

想像通り、丹波哲郎には大ザッパなところがあり、遅刻癖も桁《けた》ハズレだったという。

遅れてもハレバレとした様子で、右手を軽く上げ、「やぁ、やぁ、みなさん、グッド・モーニング！」と愛想を振りまきながらやって来る。

そんな調子で、スタッフは、つい、笑ってしまう……。天然の〝ひとたらし〟なんですね。好き。


（2024年6月2日号）

◉トノバン◉歩き続ける理由

ドキュメント映画『トノバン 音楽家 加藤和彦とその時代』は必見。とりわけ団塊世代と、すぐ下の世代だったら、あの時代の空気がよみがえり、「懐かしさに涙こぼれる」という気分になるのでは？

一九六七年、大学紛争で騒然となる前、ラジオから「帰って来たヨッパライ」という奇妙な曲が流れ、アッという間に大ヒット。ザ・フォーク・クルセダーズと称する関西の学生三人組の自主制作なのだった。

『トノバン　音楽家　加藤和彦とその時代』

いかにも「音楽で遊んでいる」という感じが新鮮だった。翌六八年、すぐにセカンド・シングルとして発売された「悲しくてやりきれない」も胸にしみるものだった。ザ・フォーク・クルセダーズは、なにぶんにも学生だったので、じきにグループを解散。その後、メンバーは、それぞれの道を歩むことに……。

とりわけドラマティックな生涯となったのが加藤和彦、通称・トノバン。妻のミカと共にロックバンド（サディスティック・ミカ・バンド）を結成。その後、ミカとは離婚。作詞家の安井かずみと結婚。やがて、離婚してオペラ歌手の中丸三千繪《みちえ》と結婚・離婚……という華やかさ。映画『トノバン』では描写されてないけれど。

さらに三代目市川猿之助の「スーパー歌舞伎」のサウンドを担当したり、ザ・フォーク・クルセダーズやサディスティック・ミカ・バンドを再結成したり……と、意欲的だったはずなのだが……。二〇〇九年十月十六日、軽井沢で、みずから命を絶ったのだった。六十二歳――。

この『トノバン』では、最初のメンバーだった北山修さん（精神科医）をはじめ、周辺にいた人たちのコメントが、差しはさまれているのだけれど、自死を選んだその心の筋道は、やっぱり、よくわからないままのようだった。

＊

さて。話はガラリと変わって……。イギリス映画『**ハロルド・フライのまさかの旅立ち**』が、じんわりと楽しい。

話の主人公は、郊外で引退生活を送っていたハロルド（ジム・ブロードベント）という爺《じい》さん。

ある日、遠方の町から一通の手紙が届く。かつて一緒に働いていたクイーニーからの手紙で、難病のため余命わずかと知らされ、動揺。型通りの、はげましの手紙を投函しようとしたのだが……どうも、それでは物足りない感じがしてしまい、クイーニーに電話して、「今から歩いて会いに行く。それまで生きていてくれ」と言ってしまう。八〇〇キロの道のりなのに……。

道中で知り合った人々。そして犬。服は汚れ、靴はボロボロ、体にも異変が……。彼には、そうまでして苦しい旅をする理由があったのだった……という話。

何といってもイギリスの郊外の様子が、たっぷりと見られるのが楽しい。地味目の小さな街、昔ながらの店。そして、両耳だけ黒っぽい、かわいい犬……。観光旅行では、なかなか味わえない歩く旅。小さな町の風情。そして人情。

（2024年6月9日号）

◉「ミニの女王」ツイッギー◉デ・キリコでヘンな気分

街を歩くと、足のくるぶしに届くほど長いスカートの女子を、たびたび見かける。バランス的に当然、足もとはスニーカーだったり、厚底の靴だったり……。パンツ・スタイルの女子も多いので、男の好むところの（？）脚線美は観賞しづらくなっているようだ。

もはや半世紀も前になるけれど……私がバリバリ若かった頃は、今とは逆に、スカート丈はファッション史でも画期的な短さ（ミニ・スカートと呼ばれた）になり、発祥の地のロンドンでは、やせっぽちのツイッギーが「ミニの女王」と言われるほどの有名人となった。当然のごとく（？）、私もミニに飛びついた。我が身もかえりみず！

一九七一年か七二年だったか、ツイッギー主演の『ボーイフレンド』（奇才、ケン・ラッセル監督）を観てウットリ、オシャレ〜、わくわく……と、こう書いていて、今すぐDVD買いに行こう！という気持ちに。

ケン・ラッセル監督は二〇一一年に亡くなった。八十四歳。ツイッギーは健在のようです。何となく、うれしい。

＊

上野公園内の東京都美術館で開催中の『デ・キリコ展』を観に行く。

いつ頃のことだったろう、二、三十年は昔だったと思う。美術雑誌か何かで、何だか胸に突き刺さるような、謎めいた感じの絵を見た。画家の名は「キリコ」というのも面白く思った（実は、それは私の長年のカンチガイで、正しくはジョルジョ・デ・キリコで、正しい短縮形はデ・キリコなのだった……）。

デ・キリコは一八八八年生まれで一九七八年に死去。父親の仕事（鉄道技師）の関係でギリシャに生まれたが、イタリアの貴族の家系。父の死は国葬で弔われたというから、そうとうの名家だったのだろう。

さて、そんなお坊ちゃま育ちの人の絵だが、そうとう奇妙。人間の顔はユデタマゴのよう。目も鼻も口も無い。腕も手も無かったりする。それでもヒトだとわかるものの……。

衣服の描写も簡略化されている。そのせいか、何だか淋しいような、こわいような気分になってしまう。そして……そういうヘンな気分を味わいたくて、観に行った私。

やっぱり代表作なのだろうか、チラシにも掲載されている「バラ色の塔のあるイタリア広場」が、いちばん好き。ありえないことだが、妙な懐かしさを感じるのだ。こういう風景、夢の中の光景かもしれないが、なぜか知っているんだよね、私、そこにいたんだよね……と感じてしまう。不思議。

地味～に原稿用紙を鉛筆で埋めてゆく作業より、さまざまな「色」と「形」を使って表現するのは、さぞかし楽しいに違いない。私、今から画家に転身できないものだろうか!?　はい、できない！　苦笑を浮かべつつ、上野公園を後にした。

（2024年6月16・23日日号）

2024年6・7月

夏めくや白い花買ふ日曜日

◉早トチリ◉小津の本格評論

まったくプライベートな話で恐縮ですが……先日、高校の同窓会に出席。久しぶり。コロナ禍も、ようやく終息に向かっているという判断だったろう。

高校は浦和の公立の女子校。自宅から歩いて十分くらい。小・中と男女共学だったので、内心、女子校は何か物足りない感じがしたものの、すぐに慣れてしまい、持ち前のバカ全開。思い出しても恥ずかしい、と同時に懐かしい。

さて、今回の同窓会は浦和駅近くの懐石料理屋で。十五人ほどの集まり。「あらーっ、ミッコ！　マイコ！　トミオカさんも！」と、瞬時にして、十代の、あの頃に戻ってしまう。ほんと、私、バカだったんですよね。今にしてようやく「私、ちょっとヘンな子だったのかも」と気づく。どこか突飛《とっぴ》で、自分勝手で、落ちつきナシ。それでも、やさしく、つき合ってくれたクラスメートに、感謝。嫌いな子なんて、いなかったなあ。

笑顔で解散したあと、気が向いて、ミッコと母校を訪ねてみた。ちょうど授業中で、校庭には誰もいない。校舎も一新。ミッコは山岳部で、私は水泳部だった。その部室も一新されていた。校門の、まん前にあった大きめの文房具店もなくなっていた……。

そうそう、恥をさらすのだけれど、その日、ミッコとの帰り道で、スマホが無いということに気づく。料理屋や喫茶店に電話しても「見当たりません」と。交番にも寄ってみた（書類を書かされた）。楽しかった一日に、いきなり暗雲――。

トボトボと家に帰ると、なんと！　テーブルの上にスマホが！　そもそも持って出なかったのか！　嬉しいような情けないような。やっぱり、いまだに早トチリのオッチョコチョイ。

＊

六月二日。長年、親しくしている文藝春秋社の編集者だったFさん（少し前に退職）に誘われて、平山周吉氏（こちらも、文春の編集者だった）の大佛次郎賞受賞記念の講演会に――。タイトルは「小津安二郎と原節子の〝絆〟」――。場所は横浜市開港記念会館。さすがに男の人が多かった。

小津ファンだったら平山周吉という名前、おおいに心当たりがあるだろう。『東京物語』（'53年）で原節子演じる紀子の義父を演じた笠智衆の役名なのだもの。それ以前にも周吉という役名あり。小津監督が好んでつけた役名なのだった。

私も小津映画に惹かれ、『小津ごのみ』と題した本を筑摩書房から出版してもらった（現在は、ちくま文庫）。もはや十年以上前だけれど。

私は万事、「見た目」が気になるほうなので、ついつい俳優の風貌やファッション、インテリアの話が多くなったが、この平山周吉氏の『小津安二郎』は、さすが。話の骨格や時代性、そこにこめられた思いを重視した、本格的評論。

平山周吉『小津安二郎』（新潮社刊）

「6歳下の監督、山中貞雄への強い哀惜の念」が胸にしみる。

（2024年6月30日号）

◉主婦役の久我美子◉山の手小僧

本日、六月十五日。女優の久我美子さんの訃報が……。実際には九日に亡くなられていたという。騒がれるのを避けての、死去後の公表だったのだろう。九十三歳——。

久我美子さんといったら、レッキとした侯爵家のお嬢さん。一九四六年（敗戦の翌年）、女子学習院に在学中、第一期の東宝ニューフェイスに合格して女優に……。世間は、そうとう驚いたのでは？

私はまだ子どもだったけれど、久我美子さんはステキだなあ、と思っていた。小柄のようだが、断然、プロポーションがよく、顔だちもキュート。「子鹿のバンビ」のようだったから。

久我美子さん（1970年）

黒澤明監督の映画にも小津安二郎監督の映画にも出演している。両監督ともに、得がたい個性と思っての起用だったろう。

TVでは、山田太一さんの脚本による『それぞれの秋』の、一見、平凡な主婦役が思い出される。当時、四十二歳。まだまだ若かった。平凡な日常から、はみ出しそうな複雑な思いを好演……。あれから、もう半世紀も経ってしまったのか。

言うまでもなく、久我美子さんの夫は、俳優・平田昭彦《あきひこ》さん。東大の法学部を経て、有名商社の社員だったのだが、映画界に。いわゆる二枚目志向は無かったようで、アクション映画やコメディ映画（『ゴジラ』とか『ウルトラマン』にも）に多数、出演。一九八四年、五十六歳で亡くなった。

あらためてステキなカップルだったなあ、と思う。

＊

『月刊　Ｔａｋａｄａ芸能笑学部（月刊Ｈａｎａｄａセレクション）』というタイトルの、ぶあつい雑誌――。もっか書店に出まわっているはず。サブタイトルに「丸ごと一冊高田文夫」とあるように、お笑い界の大御所?!高田文夫さんのすべてを語りつくしたもの。

宮藤官九郎、太田光、高田文太（長男）による「三大対談」あり、「高田文夫　半生を語る」と題したロングインタビューあり、少年時代からの写真もあり……。とにかくギッシリ詰まった一冊――。

私も同世代だから、昭和のその昔、『雲の上団五郎一座』という喜劇が劇場中継されて、三木のり平の「玄冶店《げんやだな》」に子どもながらに爆笑。スバラシイ！と感動。

さすがに昔すぎて、あまり語られないのが、テレビ草創期の『シャープ劇場　のり平喜劇教室』。タイトルで、のり平がアメリカ映画のＭＧＭのタイトル（ライオンが吠える映像）をマネしていたのが、私としては忘れられない。ウケたのだった……と、次から次へと思い出す。

高田文夫さんは坪内祐三さんと仲がよかった——ということも、あらためて知った。二人とも「お互い典型的な〝山の手小僧〟なのだ」と。

全編、カラーページというゼイタク雑誌。読みごたえ、あります。

（2024年7月7日号）

◉名優ドナルド・サザーランド◉謎のキーボックス？

六月二十一日。新聞を広げ、ドキリ。俳優ドナルド・サザーランドの訃報が顔写真入りで。八十八歳——。

そうか、そんな歳になっていたのか。いつの間にか。記事に添えられた顔写真は最近のものらしく、髪もヒゲもマッシロ。それでも目にはチカラがあり、矍鑠《かくしゃく》たるもの。晩年は長い闘病生活だったというのだが……。

ドナルド・サザーランド

その名を高めたのは、やっぱり『M★A★S★H マッシュ』。一九五〇年代の朝鮮戦争の野戦病院に駆り出された軍医の役で、戦争なんてばかばかしいとばかり、規律に従うことなく、ふざけまくる……という反戦的なコメディ。監督はロバート・アルトマン！

以後、ドナルド・サザーランドは『ジョニーは戦場へ行った』『コールガール』『1900年』『鷲《わし》は舞いおりた』『普通の人々』『JFK』『私に近い6人の他人』『スペース カウボーイ』『コールド マウンテン』『鑑定士と顔のない依頼人』など多数、出演。

ドナルド・サザーランドが出演しているのだから、駄作ということは無いよね、と思わせる俳優なのだった。

私は知らなかったが……二〇二二年に『ムーンフォール』と『ハリガン氏の電話』という二本の映画に出演したという。おそらく家族は反対したのだろうが、息子のキーファー・サザーランドも俳優だから、父の思い――命のギリギリまで現役俳優でありたいという思いを尊重したのだろう。

*

話はコロッと変わりますが、私が住んでいる所のすぐ近く、タワーマンションが林立している晴海の、あちこちに「謎のキーボックス」が、ぶらさがっているというニュース。TVで知った。

そのキーボックスにはダイヤルが付いていて、数字を合わせるとボックスが開き、その中には鍵が入っているという。いったい誰が、何のために？ 近隣の住民は不審に思っているというのだ。

何だか殺伐とした気分に襲われる。できるかぎり他人《ひと》を介さない形で、出たり入ったりしたがっているかのようじゃない？

私が、この地（大ざっぱに言えば月島）に引っ越して来たのは、一九八六年だから……エッ!?もう三十八年も、ここに住んでるの!?と驚く。その前には渋谷区の元代々木に住んでいて、親しくしていた友人が勝鬨《かちどき》橋近くに引っ越すと言うので、「そういえば祖父は月島の工業試験所（？）の技師をしていて、父は月島生まれ」と興味が湧き、私も引っ越して来たのだった。あんまり激変しないでほしいなあ……と思わずにいられない。

（2024年7月14日号）

◉奈々福さんの独演会◉スイス映画界の革新者

六月二十九日。編集者のFさんと共に、銀座の観世能楽堂へ——。**玉川奈々福さんの独演会**を聴きに行く。満員の盛況。

奈々福さんは、某・有名出版社の優秀な編集者だった。とりわけ古典芸能（歌舞伎、能、落語など）に関する知識や愛着の深さには圧倒された。それでも、謙虚な人で、知識をひけらかすことは、まったく無かった。

やがて出版社を辞めて浪曲師に転身。玉川奈々福として大活躍。私のところに出入りする電器店のオヤジも熱烈ファンだ。

今回の観世能楽堂での公演は二日間。満員の盛況。初日は、『亀甲縞《きつこうじま》の由来』と『物くさ太郎』。その間に、ゲストとのトークコーナーがあり、徳光和夫さんとの対談。

私たちが見た二日目は『風説　天保水滸伝《てんぽうすいこでん》　飯岡助五郎の義侠』と『研辰《とぎたつ》の討たれ』で、トークコーナーのゲストはタブレット純。もとは「和田弘とマヒナスターズ」のメンバーだった人。

奈々福さんの浪曲を聴くと、きまって祖父の部屋を思い出す。古い「蓄音機」があって、電気ではなく、ハンドルを回す式のものだった。広沢虎造の『血煙荒神山《こうじんやま》』というレコードがあって、わけもわからぬままに興奮。懐かしい。

＊

さて、映画の話。『ある一生』、オススメします。ドイツとオーストリアの合作映画で、二十世紀初頭から八十年間にわたる、ひとりの男の物語――。私は知らなかったが、世界的ベストセラーになったという同名小説の映画化。

物語の主人公のアンドレアス・エッガーは孤児として育った。物ごころつく頃から、遠い親戚の農場で働きずくめ。まともな人間扱いはされなかった。そんな中での、わずかな救いは、やさしい老婆だけ。その老婆も、やがて亡くなる。

『ある一生』
©2023 EPO Film Wien/ TOBIS Filmproduktion München

青年になったエッガーは、心身ともに、たくましい青年になった。マリーという名の女と出会い、結婚し、定職も得た。人生最高の日々だったのだが……次々と大きな困難に襲われる。それでもエッガーは、へこたれることなく、孤独さえも愛し、大きな自然の中での過不足の無い暮らしをしてゆくのだった……という話。

何と言ってもアルプスという大自然の中での暮らし、というのがいいですね。清らか。心が洗われるよう（こんな私でも！）。

そうそう……主人公が女に、プロポーズをする、その仕方もほほえましく、オシャレだった。

監督のハンス・シュタインビッヒラーは一九六六年生まれ。「スイス映画界の革新者」と言われているという。

（2024年7月21・28日号）

◉暗殺未遂◉杉原千畝のひと言

七月十五日。TVをつけると、アメリカの大統領選のニュースのようでトランプ氏が、おおぜいの聴衆を前に演説している画面――。

十一月の大統領選のための演説なんだなと思い、トランプ嫌いの私は、すぐさま他のチャンネルに変えようとしたのだけれど、「このさい、ちゃんと観たほうがいいかも。どこがどう嫌いなのか、冷静に点検してみるか」といった殊勝な（？）気持ちで観ていたら……。何と、トランプ氏への暗殺未遂事件のニュースなのだった。

銃弾はトランプ氏の耳をかすめた。ただちにシークレットサービス数人が駆け寄り、人々は避難。犯人はトーマス・マシュー・クルックス（二十歳！）。シークレットサービスによって、その場で射殺された……というのがスゴイ。殺さず、つかまえて、まず、その真意を明らかにしてから……なあんて考えないのか？

今回の事件でトランプ氏は、ちょっとトクをしたのでは？「さすが不死身の男」とか「強運の人」とか思われたりして？

正直言って、ちょっと割り切れない気持ち……。

*

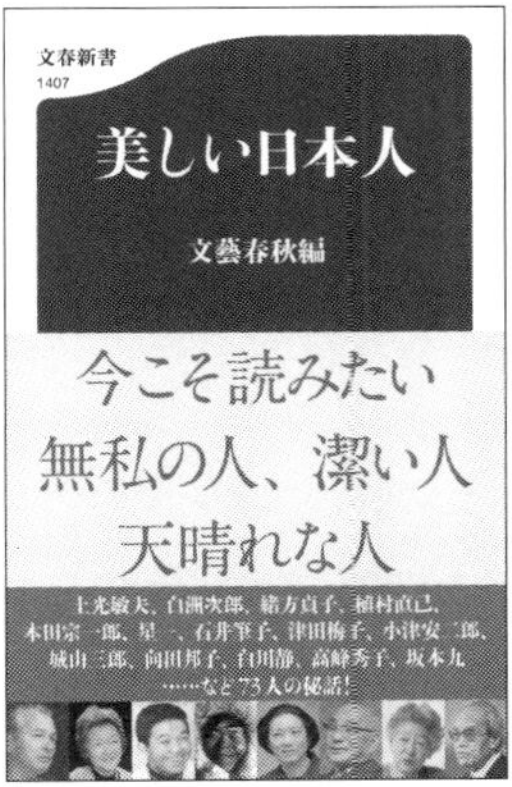

昨年に入手した本なのに、部屋の中で行方不明になっていた文春新書『**美しい日本人**』が、ヒョッコリとみつかった。ベッドと壁の間に落ちていたのだった……。

各界で活躍した偉人たちへの追悼エッセー集。昭和天皇、本田宗一郎、宮沢賢治、美空ひばり、岡本太郎、手塚治虫、坂本九、永六輔、古今亭志ん生など。懐かしい名前がズラリと。それぞれ、親しみを持って、大きな影響を受けてきた人たちによる追悼エッセー集。

興味を惹かれた順にパラパラと読んでいる中で、杉原千畝の話に強く惹きつけられた（筆者は四男の杉原伸生氏）。

前述したように杉原千畝は第二次世界大戦中、外交官としてナチスの迫害から逃れるユダヤ人難民に独断でビザを発給。六千人もの命を救った。

戦後、東京のイスラエル大使館から呼び出しがあり、「あなたのおかげで、私の命は助かった」と涙ながらに感謝された。

終戦後、ソ連占領下の収容所で一年半にわたり拘束され、一九四七年に帰国。外務省からはユダヤ人の一件で辞表を出すように言われ、未練なく外務省を退職。小さな雑貨店のあるじになった……。

仲生氏が「どうしてあんなことをしたの?」と質問すると、「だって可哀想だもん」と一言だけ。晩年は家族に対して「自分の名前を利用して金儲《もう》けに走るようなことはいけない」と、戒《いまし》めていたという。まさに「美しい日本人」——。

(2024年8月4日号)

◉山歩き◉ピンクスライム◉さよならオリーブ

七月十八日。東京は例年より早い梅雨明け——。

暑い。それでもエアコンは使わず、扇風機とウチワで涼をとっている。半裸状態で。エアコン、何だか苦手なのです(暖房は気にならないのだけれど、冷房は、体が固まってしまう感じがして……)。

そんな中で、サントリーの天然水のCMに目を見張る。幼い男の子が山を登ってきたのだろう。大きな空と山並みをバックに駆け出してゆく。かわいい!(それを見守る若いおとうさん役は柄本佑《たすく》)。

いいなあ……。俄然、山歩きへの思いを掻《か》き立てられる(あくまでも山登りではなく、山歩き!)。私が山歩きに目覚めたのは、大学一年生の夏。高校時代からの親友K子と長野県の〝学生村〟に数日ほど宿泊。牧場だの滝だのに目を見張った……。

そんな旅の相棒だったK子は今やオランダ暮らし。さらに、山好きの友人夫婦も、千葉の町はずれに別荘を持って以来、山歩きをすることも少なくなって……。ちょっと残念。

＊

先日。何のTV番組だったか忘れたが、「ピンクスライム・メディア」という言葉を知った。どうやら、まっとうな報道機関を装って、うさんくさい情報を垂れ流すニュースサイトのことらしい。

今回、トランプ支持派の人々の多くが、その「ピンクスライム・メディア」に煽動《せんどう》されたのではないか、という説あり。資金源は今のところ、よくわからないと……。イヤな感じ……。

何だか悲しい気分になってしまう。私思うに、トランプ支持派の多くは、彼の政策とか理念などには興味は薄く、トランプという人物の「パワー」それだけに惹かれているのでは?と思ってしまうのだ。

シェリー・デュバル（1980年）

©Audrey Chiu/Globe Photos via ZUMA Wire/共同

＊

新聞朝刊に女優シェリー・デュバルさんの訃報が、顔写真入りで……。エッ!?と驚く。

ひょろりと手脚が細長で、顔だちはファニー・フェイス。一九四九年生まれ、テキサス州出身。私はファンだった。その姿かたちから、『ポパイ』（'80年）のオリーブ役がピッタリだった。

『ボウイ&キーチ』（'74年）、『三人の女』（'77年）、『シャイニング』（'80年）など……。今すぐ見直したいという気分にさせられる。

今回、初めて知ったのだが、二〇〇二年に引退。精神疾患のためだったという。今さらながらに胸が痛む……。

（2024年8月11日号）

◉ワキが甘い◉いよいよ五輪

暑苦しい日々。もっか、気温33度。エアコンはあんまり好きではなく、大きめの扇風機で過ごしていて、原稿書きの時だけエアコンもつける。アタマ、ひやさないとね。

ついつい、昭和の夏は涼しかった――とグチっぽい気分に。真っ昼間でも外で元気に遊んでいた。住宅地の道路は土だったり、ジャリだったり。そのせいか、腕の内側まで土ボコリをかぶって茶色の汗になっていた……。今では、細い路地でもアスファルトに（都心限定かもしれないが）。とにかく、気温30度なんていう日は、めったになかったと思う。

さて。そんな暑苦しい日々の中で、暑苦しいニュースが……。はい、**アメリカ大統領選**の話です。本日の新聞報道によると、バイデン大統領の撤退後に実施された世論調査の結果が出そろいはじめて、共和党のトランプ前大統領（七十八歳）と民主党のハリス副大統領（五十九歳、女性）の支持率は、現時点ではほぼ互角の情勢になっている――というのだ。

「バイデン氏が苦手としていた若者や非白人の有権者層で、ハリス氏は支持を伸ばしているという。ハリス氏は女性の55％から支持され、二十九歳以下の有権者でも59％の支持を集めた」
「一方、トランプ氏は男性の56％から支持され、非大卒の白人有権者から67％という高い人気を保つ」
というのだから、大接戦だ。「非大卒の白人有権者」の厚い支持――という事実。うーん、シャクだけれど、わからなくもない。「理屈じゃないんだ、パワーなんだ！」「インテリ女に何がわかる!?」といったところ？

さて、そこに共和党の副大統領候補のJ・D・バンス上院議員による、過去のオッチョコチョイ発言が再燃……。TV番組の中で、ハリス氏を名指しして「子のいない惨めな女性」うんぬんと、口をすべらせてしまったのだ。これ、当然、怒るよね。子どもがいるか、いないか――なあんてこと、他人が口出しすることではない。子どもを持って苦しんでいる人もいたり、子どもを持たなくて思い通りの暮らしができたという人もいたり……。個人それぞれの事柄だろう。まさに「余計なお世話」というものだ。

パリ五輪開会式で披露されたエッフェル塔を彩る光のショー

＊

さて。パリ五輪スタート。開会式直前には、高速鉄道TGV路線への同時多発的な破壊行為（TGVの施設に侵入など）があったそうだが、オリンピックとの関連は、今のところ不明のようだ。
日本では一九六四年と二〇二一年の、二度の東京五輪があったわけだが、東京五輪といったら、一九六四年のほうばかりを懐かしく思い出す。まだ世間知らずの十代だったせいか、当時は嫌っていたはずの三波春夫の『東京五輪音頭』の歌声と共に……。

（2024年8月18・25日号）

2024年8・9月

商店の団扇《うちわ》なつかし昭和かな

（なじみ客への宣伝ウチワを
御礼代わりに配る習慣があった）

◉自分年表◉六・八・九

恥ずかしながら、**「自分年表」**みたいなものを作り始めた。

コロナ禍で人に会うことが少なくなったせいもあるのだろうが、やっぱりトシのせいなのだろう、忘れっぽくなった。

今までだったら、あの仕事をしたのは何年、あの人と知りあったのは何年、あの旅に出かけたのは何年の事だった……と、パッと思い出せたのだけれど、近頃は、「パッと」というわけにはいかず。ジレったい。

これから先、どんどん忘れっぽくなるのだろうから、簡単でもいいから「自分年表」みたいなものを作っておこうと決意したというわけ。とりあえず、大学卒業後から、昭和の終わり（一九八九年）までの私的トピックを、ごく簡単に列記。

たった、それだけのメモ的な年表なのだけれど、何だか頭の中が少しばかり整頓されたように感じられた。

それにしても……昭和が終わった一九八九年というのはスゴイ年だったんだなあと、あらためて思う。

一月七日には昭和天皇崩御。二月九日には手塚治虫さん、六月二十四日には美空ひばりさんが亡くなっているのだもの。さらに海外では、中国の天安門事件、ベルリンの壁崩壊……。そういう〝濃い年〟というのが、ある。よくも悪くも。

＊

八月十二日。TVでは「日航機墜落事故から39年」と伝えていた。エーッ!? そんなに長い歳月が経ったんだ……。

事故は一九八五年八月十二日のことだったから、確かに三十九年も前だけれど、いまだに生々しく、悲しい記憶になっている。乗客乗員五百二十四人のうち、五百二十人が亡くなった。その死者の中に、坂本九さんが……。当時四十三歳。

一九六〇年代、「六・八・九トリオ」という言葉があった。永六輔（作詞）、中村八大（作曲）、坂本九（歌唱）の『上を向いて歩こう』が大ヒットしたからだ。アメリカでも、なぜか『スキヤキ』というタイトルで評判になった。

結婚相手は、女優の柏木由紀子さん。確か、私と同世代。当時の女性誌のファッションページに、たびたび登場していた。キリッとしたところもある美少女で、私は「さすが九ちゃん、お目が高い」なあんて思ったりして。

その頃は「流行歌」という言葉があり、ベストテンを競う人気番組があったが、いつのまにか無くなった。

今にして思えば、「六・八・九トリオ」の歌の数かずは「昭和の日向《ひなた》」だったように感じられる。

坂本九と柏木由紀子の婚約発表（1971年、共同）

◉『太陽がいっぱい』◉懐かしいCMソング

（2024年9月1日号）

八月十九日。今日も暑い。ソファにグンニャリと体をあずけ、リモコンでTVをつけたら、**アラン・ドロンの訃報！** エッ!?と身を乗り出す。十八日に亡くなったという。八十八歳。あの美貌で、よくぞ八十八歳まで生きのびたものだ、エライ！と思ってしまう。

少年時代は家庭不和に悩まされていたものの、やがてその美貌を見込まれ、映画界へ。『お嬢さん、お手やわらかに！』（'59年）が大ヒット。

翌年、ルネ・クレマン監督の『**太陽がいっぱい**』では堂々の主演。見た目は美青年だが、貧しく孤独で野心的な青年という役柄がピッタリ！——と、振り返ってみれば、その後、多くの映画に出演したけれど、うん、やっぱり『太陽がいっぱい』がベストでは？

実を言うと、私は、フランスのスターでは、アラン・ドロンよりもジャン＝ポール・ベルモンドのほうが好きだった。『勝手にしやがれ』（'60年）、『気狂《きちが》いピエロ』（'65年）、この二作、最高！

アラン・ドロンに較《くら》べたら、美男とは言いがたいのだけれど

名誉パルムドールのトロフィーを手にしたアラン・ドロン（フランス・カンヌで2019年）

〝粋《いき》〟なんですよね。何だかわからないけど、「いい奴」「面白い奴」、さらにシャレっ気たっぷり……という感じで。

ジャン＝ポール・ベルモンドは一九三三年生まれで、アラン・ドロンより二歳上。二〇二一年に亡くなった。偶然だけれど、フランスの大スター、二人とも八十八歳で亡くなったというわけだ……。

＊

八月十七日。テレ朝系「タモリステーション」が懐かしく、面白かった。**ＴＶ草創期からのＣＭソング**の数かずを回顧したもの。

自慢たらしく書くが、我が家のＴＶ導入は早かった。父がプロ野球中継を見たかったからだと思う。しばらくの間、近所の子たちが見に来ていたけれど、それも二、三カ月のことで、やがて、どの家にもＴＶがあるというふうになった。

今回のＴＶ草創期のＣＭソングの回顧特集としては、「クシャミ三回、ルル三錠♪」とか「伊東に行くならハトヤ♪」とか「牛乳セッケン、よいセッケン♪」とか……。ほんと、懐かしい。

それらのＣＭソングの大半はたぶん三木鶏郎《とりろう》グループによるものだったろう。

どういうわけか、近ごろは印象に残るＣＭソングって、パッと思いつかない。今、ふと思い出したのは、お酒の黄桜のＣＭ。昔ながら、だよね……。好き。

（２０２４年９月８日号）

◉最初の記憶◉40・40

八月二十二日。ＮＨＫの『**映像の世紀バタフライエフェクト――ＧＨＱの6年8か月　マッカーサーの野望と挫折**』を興味深く見た。日本がコテンパンに負けた直後の映像の数かず。私は「戦争を知らない子供たち」世代だけれど、最初の記憶は、あるアメリカ人のピンクの顔――。

父は東京っ子だったが、浦和のカメラマンと親密になって、生涯の地と決めたのだろう、浦和に新しく家を建てることにした。

家が出来上がるまで、Ｉさんという人の家に仮住まい。私は三、四歳くらいだったはず。別の部屋には「ガイジンさん」が住んでいた。

ある日、郵便受けに手紙だったかハガキだったかは忘れたが、郵便物があったので母に渡したら、「ガイジンさんに来たもの、渡してあげなさい」と言われ、庭を眺めていたガイジンさんに渡した。

ガイジンさんはニッコリと愛想よく受け取ったけれど、私は「ピンクそのもの！」みたいな顔に驚き、少しばかり、おびえたのだった。これが、ほぼ私の最初の記憶。

そうそう……。「いざ来い、ニミッツ、マッカーサー」という言葉も、遊びの中で何度か聞いたことがあった。子どもだから意味もわからず、敗戦後も残っていたのだろう。

当時、上野駅周辺には、白い服を着たショーイグンジン（傷痍軍人）もいた。けっこう長い間、見かけたように思う。私は、やっぱり意味もわからず、おびえた。

その中には、いささかインチキな人も交ざっていたのではないか……という疑問もあるのだけれど、大人たちの間では、インチキも十分承知の上で、一種の象徴としてお金を渡した人もいたのでは？とも思う。

＊

話は一転。ロサンゼルス・ドジャースの大谷翔平選手の活躍ぶり、もはやヒーロー・マンガの域に達してる⁉　いや、すでに超えている⁉

始球式にも登場。大谷選手の愛犬デコピン

今や「40本塁打、40盗塁」。これ、大リーグ史上六人目だという。おそらく、さらに更新されることだろう。あんな、かわいい顔して！（なあんて失礼な言い方だけれど、本心）。

大谷選手ともなれば、メディアもプライベートな話は遠慮している。結構なことです（ほんとは、特にワンコのデコピンに関して、もっと知りたいけどね）。

（2024年9月15日号）

◉女のハードボイルド◉犬飼いたい病

新聞に**ジーナ・ローランズさんの訃報**が……。八月十四日に亡くなったという。九十四歳！

ジーナ・ローランズはアメリカの女優。父は銀行員、母は画家という家に生まれ、地元の大学を卒業後、ニューヨークへ。演技を学ぶ中で、ジョン・カサヴェテス（俳優・監督）に出会い、結婚。

三人の子どもたち（一男二女）も、映画の世界で活躍している。俳優だったり監督だったり……という、奇特な一家なのだった。

ジーナ・ローランズ主演映画で、私が一番好きなのは、うん、やっぱりジョン・カサヴェテスの脚本・監督『グロリア』（'80年）――。

ギャングの抗争の中で、隣人の幼い息子をイヤイヤながら、かくまったり、逃げたりしているうちに、互いに、実の親子のような、あるいは同志のような関係になってゆく。

ジーナ・ローランズ、中年女なのだけどカッコいいんですよ。ビシッとキメたファッションで、逃げ回り、銃を向け、〝組織〟に立ち向かう。女のハードボイルド！――と、こう書きながら、今すぐ『グロリア』のDVD、観直したいなあ！と思う。

©AF Archive/Columbia/Mary Evans Picture Library/共同

＊

先日、ちょっと楽しい事件（？）があった。

私が住んでいるマンションの各階の一カ所にはゴミ捨て専用コーナーがある。

ゴミを捨てようと、ポリ袋を片手にドアをあけたら、アラ!? 廊下のまん前にかわいいワンちゃん（茶色の小型犬）が、こちらを見あげている。まるで「お待ちしてました、おでかけですか？」という感じで。

アラ、どこの犬だろうと思いながらゴミ捨てコーナーのほうへと歩いて行くと、ワンちゃんはワン！とも言わず、おとなしく、でも、楽しそうについて来る。

廊下には誰もいないのだが、三室先の部屋のドアがあいていて、女の人がこちらを見ていた。

「あっ、もしかして、ワンちゃんの飼い主では？」と気づく。案の定、ワンちゃんは、その部屋の子なのだった。

「よかったですねえ」と、ひとこと、ふたこと言葉を交わしただけなのに、数時間ほど後で私の部屋のドアに紙袋が吊《つ》るされていて、何かと思ったら、ワンちゃん宅の女の人からの御礼のスイーツなのだった。ビックリ。たった、あれだけのことなのに……と恐縮。

ほんとうにつかのまのことだったけれど、「犬、飼いたい病」が再発。今回のように小型で泣き声も小さい犬だったら、私でも飼えるのでは？——と。

（2024年9月22・29日号）

◉9・11◉もしかして恐怖？

九月九日、夜。NHKの「映像の世紀バタフライエフェクト　9・11あの日が変えた私の人生」を、つい、観てしまった。あまりにも悲惨な事件だったので、観たら動揺して眠れなくなるのでは？と思いつつ。

案のじょう、その夜は、さまざまな思いが頭の中を駆けめぐり、なかなか眠りにつけなかった。

二〇〇一年九月十一日。アメリカは同時多発テロに襲われた。テロリストが旅客機を乗っとり、高層ビルに突っ込んでゆく……という、まったく、とんでもない発想のテロなのだった。テロリストたちにとっての自身の「死」は、たぶん「栄光」ということになるのだろう。

今回の番組では、9・11で息子を失った父親である日本人二人の、その後の人生も語られていた。息子の理不尽な死をムダにはさせたくないという思いからだったろう。一人はビンラディンへの手紙を渡すべくアフガニスタンへ。一人はアメリカ政府のレポートを翻訳した……。

9・11の首謀者と目《もく》されたウサマ・ビンラディン（サウジアラビア生まれの富豪）は二〇一一年にアメリカ軍によって殺害された。一九五七年生まれ、五十四歳。子どもはザッと二十数人だったという……。

＊

まったく、もう！　トランプ前大統領、どうかしてるよ。

大統領選のテレビ討論会で、移民がアメリカに与える脅威を語った中で、「（オハイオ州）スプリングフィールドで、彼ら（移民）は住民のペットを食べている」と発言。実は、数日前から流れていたシロウトのSNS投稿をウノミにしての発言なのだった。

ロイター通信は投稿者に直接取材したところ、「隣人が、彼女の娘の友達が猫を亡くした話を教えてくれた」「その飼い猫が近くに住むハイチ人の家で食べるために解体されていた」と言うのだが、本人が見たわけではなく、隣人とか知人の話に過ぎず、「猫が食べられているのを目撃した人も確認されていない」。

地元当局も「ハイチからの移民がペットの犬や猫を食べたという報告はない」と言う。ハイチ政府は「差別的な発言だ」とトランプ氏を批判。

それでも、もちろん!? トランプ氏はそれを認めない。よっぽど、白人以外は嫌いなのだろう。いや、もしかすると、白人以外は恐怖なのかも。

（2024年10月6日号）

◉戦争よりは…◉TVの寿命

コロナ禍も、いよいよ、トンネルぬけて出口が見えてきたか……という気分。それでもまだ、マスクは、はずせない。コロナ禍は二〇二〇年の一月からだが、いくつかの波があり、今に至っている。ザッと四年間？ よく耐えたと思いますよ、私たち。戦争よりは断然、マシだものね。

そんな中で、やっぱり頼もしく、誇らしく思うのは、アメリカで大活躍の大谷翔平選手。打ってよし、投げてよし、走ってよし……マンガの世界でしか、ありえないような活躍ぶりだ。

――と書いていて、フト、大谷選手とは全然関係ナシの、超ふざけたフレーズが頭の中に浮かんでしまった。子どもの頃、男子が、はしゃいで口にしていた「おお、カネだ、拾おか」。

説明することもないだろうが、「おお」は王貞治、「カネだ」は金田正一、「ヒロオカ」は広岡達朗――。今でも、おぼえているのだから、当時の私、「うまいことを言う」と感心したのだろう。

うーん……はるかなる昭和。

*

ある日、突然、TVが不調に……。新作映画をDVDで観て批評する仕事もあるので、かなりのショック。あわてて、なじみの電器店のI氏にSOSの電話。

I氏は、すぐ来てくれて、あちこち見て直してくれたけれど、「やっぱり、もう、寿命なんですよ」と言う。「エッ!? このTV、十四年前に買ったんだけど……」と言うと、「そんなもんですよ」と言う。

TVの寿命って、けっこう短いんだなあ、と今さらながらに思いつつ、結局、新しいTVを買うことに……。

翌日、I氏と、その息子さんが新しいTVを届けてくれて、設置。ホッとした。私って、これほどまでにTVに依存しているんだなあ……と、少し反省。

フッと子供の頃のことを思い出す。今の若い人たちは驚くだろうが、街頭TVというのが、つかのま、あったのよ。街頭にTVが一台あって、みんな、立ちっぱなしで、それを見あげていたのよ。

お金持ちの家にはTVがあった。ウチは金持ちではないけれど、父（新聞記者）の仕事の関係でTVの導入は早いほう。近所の子たちはプロレス中継を観たくて、ウチに来た……のも、つかのま。アッという間に、どの家にもTVが、というふうになった。

今や、若い人たちの間では、TV離れが進んでいるという。日本ばかりではなく英米でも……。その理由はわかるが、何だか淋しい。

（2024年10月13日号）

◉母の奮闘◉パンダ半世紀

九月二十四日の朝日新聞に、こんな記事あり。カラー写真つきで。見出しは、「1カ月乳児抱いて3頭と遭遇――クマから逃れた　母の奮闘」。

岩手県大槌《おおつち》町での話。Sさんは、生まれたばかりの男の子（体重四・五キロ）を胸に抱いて、近くのドラッグストアに向かっていたのだが、目の前に突然、三頭ものツキノワグマが現れた！

Sさんは元自衛官だったので、クマの倒し方は学んでいない。大声をあげたが、誰も助けに来ない。一頭が突進してきたが、「この子を守らなくちゃ」と、とっさに右足で思い切りクマを蹴りあげた。クマは少し遠ざかり、道がひらけた。クマは追ってきたが、全速力で走り続け、ドラッグストアに駆け込んだ。クマは、いなくなっていた。男の子は何事もなかったように寝ていた――。一分ほどの出来事だったという。

「女は弱し、されど母は強し」という言葉は、もはや死語のようだけれど……うーん、やっぱり「母は強し」なんだろうなあ、と思わずにはいられない。守るべきものがあれば、強いのだった。

記事の最後には、「クマに出合った場合は、興奮させない、走って逃げない、背中を見せない、目を離さず静かにゆっくり後退する」というアドバイスあり。はい、山歩き（山登りではなく）が好きな私、気をつけなくては。

岩に寄りかかってくつろぐリーリー

＊

九月二十九日。上野動物園のジャイアントパンダの、リーリー（オス）とシンシン（メス）が中国に返還された。いずれも十九歳と高齢なため、健康を考えた上での返還だそうな。最後の観覧日である二十八日には「おおぜい（ザッと二千人！）のファンが別れを惜しんだ」という。

上野動物園に初めてジャイアントパンダがやってきたのは、一九七二（昭和四七）年。カンカン（オス）とランラン（メス）。それに先立ち、平凡出版（現マガジンハウス）では若い女子向きの新雑誌の誌名を『アンアン』にして、表紙にはパンダマークを添えていた。それからもう半世紀……。

それまで、パンダのことはあまり知られていなかった。それでも、さすが、黒柳徹子さんは子どもの頃からご存じだったという。パンダ大好きで「日本パンダ保護協会・名誉会長」に。

モダンアートのごとき黒と白のデザイン。ゆったりとした動作。ほんと、パンダって絶妙！　愛さずにはいられない。

（2024年10月20・27日号）

シネマ・コラム

Ⅱ

初出
『ゆうゆう』（主婦の友社）二〇一七年二月号～二〇一九年一月号／
二〇二三年十二月号～二〇二四年十一月号
『Ku:nel』（マガジンハウス）二〇一九年九月号～二〇二三年十一月号
単行本収録にあたり加筆・修正しました。

文中の年齢、肩書等は雑誌掲載時、商品情報は本書刊行時のものです。

人生は祭りだ

1

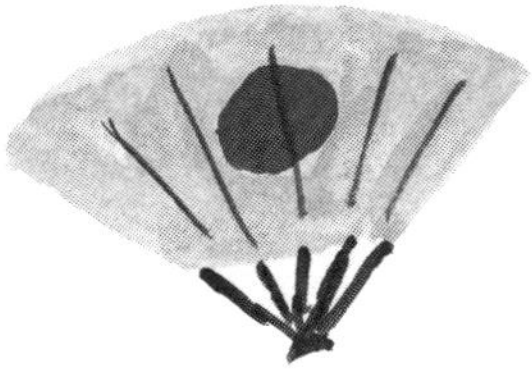

◉沖縄戦、衛生兵の死闘◉「山の子」ハイジ

第二次世界大戦下、日本軍と米軍は沖縄・浦添の高地で死闘を展開した。その高地を日本軍は前田高地と呼び、米軍はハクソー（のこぎり）リッジ（崖）と呼んだ。

映画『ハクソー・リッジ』（'16年）の主人公のデズモンド・ドスは、子どもの頃の苦い経験から「生涯、武器にはさわらない」と心に誓っていたので、日米の戦争に対しては武器いっさいを手にすることなく衛生兵として戦地に赴く。いわゆる「良心的兵役拒否者」。銃はもちろん、ナイフすら持たずに激戦のさなかへと飛び込んでゆくのだ。

その戦場の描写が圧倒的。銃弾や爆破の音、宙に吹き飛ばされる手脚、悲鳴と怒号……。日本兵の悲惨さは、同じ日本人として辛《つら》い気分になったが……。

そんな血なまぐささの中で、デズモンド・ドスは、あくまでも衛生兵として、瀕死《ひんし》の米兵たちを次々と救出するのだ。身を守るものはいっさいなく。

映画の前半ではデズモンド・ドスの生いたち、さらになぜ彼が「良心的兵役拒否者」になったかが描かれてゆく。演じるのはアンドリュー・ガーフィールド。くっきりとした眉と目。長い首。生真面目な役柄にピッタリとはまっている（二〇一四年の『ドリームホーム　99%を操る男たち』の時も真面目青年役を好演。地味ながら上出来の映画だった）。

デズモンド・ドスはヴァージニア州の田舎町で育ったので、一九四〇年代のアメリカの田園風景やファッションも見ごたえあり。監督は、あの大スターのメル・ギブソン！

*

不覚にも目頭《めがしら》が熱くなってしまった。スイス・ドイツ合作映画『ハイジ　アルプスの物語』（'15年）——。

宮崎駿アニメでもおなじみの話だけれど、宣伝ビラを見るとハイジ役少女がキュートだし、おじいさん役がドイツ映画の名優ブルーノ・ガンツだと知って、俄然、観る気になったのだった。

ストーリーは今さら説明するまでもないだろう。「山の子」であるハイジが都会に追いやられ、裕福な「町の子」である少女クララと出会い、互いに影響を与え合う……。今回この映画を観て、「ああ、そうか。ハイジは野性という宝を、クララは知性という宝を持っていて、互いにそれを交換して、より大きな世界へ踏み出してゆくという話だったんだな」と気づかされた。

ハイジのおかげでクララは車椅子なしに両脚で歩けるようになったいっぽう、クララのおかげでハイジは読み書きができるようになったのだもの。自然讃美ばかりの話ではないのだった。

私は子どもの頃、ハイジが屋根裏部屋の干し草の中で寝て、窓から夜空の星を眺めるところが特に気に入っていた。この映画では、ちゃんとそのシーンがあった。

「山の子」ハイジはペーター少年と同じようにパンツ・スタイル。モジャモジャしたヘアスタイルに、ザックリとしたウールのスカーフ、茶色のキュロット・パンツ、がっしりした編みあげ靴……というコーディネート。「あらー、コム・デ・ギャルソンみたいじゃないの！」と、わくわく。

クララの家の食器や家具調度、ドレスの数かず。アルプスの清冽《せいれつ》な風景も見ごたえたっぷり。

◉慎ましい夫婦の「人生の感触」◉輪廻転生する犬

波瀾万丈のドラマティックな映画が好きな方にはおすすめしません。『パターソン』（'16年）は何のへんてつもない日常をジーッと見つめているような映画なので。小説というより詩、いや、ほとんど俳句に近いかも。私は大好き。確実に今年（二〇一七年）観た映画のベスト5に入る。

話の主人公はパターソンという街（実在する）で市バスの運転手をしながら詩人になることを夢みているパターソンという男。妻のローラと、マーヴィンという名のブルドッグといっしょに、仲よく穏やかに小さな家で暮らしている。

そんな彼の暮らしぶりが一週間にわたって描写されてゆく。べつだんたいした事件は起きない。毎日毎日、同じことの繰り返し。そんな中で、彼は心に浮かんだ思いを詩にしてノートに書き続けている。妻のローラも自分の服やインテリアなどにアーティスト的センスを発揮して楽しんでいる。何とも愛らしく、つつましい暮らし。

そんな平凡な日々の中にも小さな事件はいくつか起きる。とりわけ愛犬マーヴィンの活躍ぶり（？）が、おかしな見ものに。

『パターソン』
Blu-ray & DVD & デジタル配信中
提供：バップ、ロングライド
発売元：バップ
©2016 Inkjet Inc. All Rights Reserved.

たんたんとした日常描写のようだけれど、その底流には「人生の感触」とでも言うべきものが確かな手ごたえで感じられる。ボーッとしていたらスラスラ、サラサラと流れ去ってしまう「時」を、何とか自分の流儀でつかまえたいと願う二人。主演のアダム・ドライバーも好演。静かに深く心にしみる美しい映画だ。

監督は『ストレンジャー・ザン・パラダイス』（'84年）で一気にニューヨークのインディーズ映画の旗手となったジム・ジャームッシュ。その成熟ぶりが、うれしい。

＊

犬好きにとって必見なのが『僕のワンダフル・ライフ』（'17年）。

何しろ監督のラッセ・ハルストレム自身が大変な犬好きで、日本のハチ公物語のアメリカ映画版『ＨＡＣＨＩ　約束の犬』（'09年、リチャード・ギア主演）も監督しているのだった。

さて今回の『僕のワンダフル・ライフ』は、一人の少年と一匹の犬の、ほぼ半世紀にわたる不滅の愛を描いたもの。

犬の寿命は十数年くらいだから、当然、ファンタジー仕立て。一九六〇年代に少年だったイーサンは、ある日、ゴールデン・レトリバー種の子犬の命を救い、ベイリーと名付け、まるで一心同体のごとく親密な仲になる。

犬の寿命は人より短い。ベイリーは老犬となり、やがて、あの世へ――。

けれど、ベイリーは心に誓うのだ。「大好きなイーサンを見守り、幸せにするんだ」と。その通り、ベイリーは他の犬種に姿を変え、三度の「転生」をしたあげく、四度目に、ついにイーサン（疲れた中年男となっている）と再会するのだった！　思わず涙のクライマックス！

　つまり、犬が愛の力で輪廻《りんね》転生してしまうという話。「そんなバカな」と思いつつ、私はコロリと乗せられた。

　次々と登場する犬たちはいずれも名演。それでもやっぱり、最初のベイリー役が一番かわいい。生活風景が、おもに緑豊かな農園地帯だから、犬の躍動感が映えるのだ。

◉ホドロフスキー監督の色彩美◉健在カウリスマキ監督◉『オリエント急行殺人事件』

　ごめんなさい、ごめんなさい。今回は読者の皆さんのことをあまり考えず、自分のために書かせてもらいます。

　チリ出身でフランス生活が長く、今年（二〇一七年）八十八歳になったアレハンドロ・ホドロフスキー監督の『**エンドレス・ポエトリー**』（'16年）がすばらしい出来あがり。ひとによっては「難解」とか「たんなるドタバタ」と感じるのではないか!?という心配もあるのだけれど……私は心の底から感動し、ラストシーンには目頭が熱くなった。

『エンドレス・ポエトリー』
DVD & Blu-ray 発売中
配給・宣伝：アップリンク

　ホドロフスキー監督の自伝的映画です。主人公の青年アレハンドロ（アダン・ホドロフスキー。監督の実の息子）は詩が好きで、詩人になることを夢みていたのだが、商売人の父親は頑固で、文学だの芸術だのということには、まったく理解が無い。

アレハンドロは、そんな息苦しい日々の中でも、いとこの青年リカルドを通じ、若いアーティストやユニークな美神（マッカに染めたロングヘアの肥満系美女!?）と出会い、大きな刺激を受ける。そして一人、芸術の都パリへと旅立つ――。

ホドロフスキー映画の特長の一つだけれど、画面にあふれ返る色彩美に興奮させられる。ハデだけれど、決して下品ではない。コバルトブルー、エメラルドグリーン、そして赤と黒。

登場人物も風変わり。フェリーニ映画を連想させるような肥満女や超小柄な男女や仮面の群像など。バックに使われるさまざまな曲調の音楽も愉しい。

やっぱりフェデリコ・フェリーニ監督の映画『8½』の名言――「人生は祭りだ」を思い出してしまう。そんな映画です。


フェデリコ・フェリーニ監督（1969年）

©PRODUZIONI EUROPEE ASSOCIATI/Album/共同

もう半世紀も前だがイタリア映画を好んで観ていた時期があった。何しろフェリーニ監督とルキノ・ヴィスコンティ監督――巨匠二人が健在だったのだから。

そんな時代の中で、ベルナルド・ベルトルッチという、両巨匠より二十歳以上若い監督が登場。『暗殺の森』（'70年）には「大型新人登場！」と興奮した。

ファシズムと性を根幹にした物語自体も面白かったが、一九三〇年代ファッションの数々にひきつけられた。当

ルキノ・ヴィスコンティ監督（1971年）

©WARNER BROTHERS/Album/共同

時、クール・ビューティの頂点ともいうべき女優ドミニク・サンダが、次々とお召し替え。パーティで女同士がペアになって踊るシーンあり。二人のシンプルながらゴージャスなドレス姿が焼きついている。

＊

『希望のかなた』（'17年）はドラマティックでもゲラゲラ笑わせる映画でもないので、誰にでもおすすめとはいかないのだけれど、まあ、だまされたと思って（?）観ていただきたい。わが最愛の（と言ってもいいかも）アキ・カウリスマキ監督の最新作です。

フィンランドの、ちょっと変わり者の監督なんですよね。小津映画ファンだけあって画面は静か。一九五七年生まれで、十数本の映画が日本でも紹介されてきたが、一貫して美男美女は出てこない。その代わり、何とも味わい深い顔の俳優たちが常連といった感じで出てくる。

長い間、マッティ・ペロンパーという俳優が盟友のように連続出演していたのだけれど九五年に亡くなってしまった。

マッティ・ペロンパーを欠いてしまったカウリスマキ映画はどうなんだろうと危惧しながら観たのだけれど、いやー、面白かった。全編に漂うトボケたおかしみ。人生讃歌。健在なのだった。

主人公の男はシリアからの難民なのだけれど、ひょんなことからヘルシンキの、あんまりパッとしないレストランで働くことになる。

レストランのあるじも従業員たちも無愛想だけれど、差別したりはしない。日本のスシ・レストランを見習って、とんちんかんなジャパネスク趣味を展開して大失敗するのだが……。

今回もカウリスマキ好みの味わい深い風貌の男たちが……。特に私が好きなのは、髪をオールバックに撫《な》でつけて赤いジャケットを着た、細長い顔の男。イジワルそうに見えて、いいヤツなんだ、これが！

犬好きのカウリスマキ監督、この映画でもかわいいノラ犬を登場させている。

＊

ケネス・ブラナー監督『オリエント急行殺人事件』（'17年）を観て、そのヤボったさにムッとした。一九七四年のシドニー・ルメット監督の『オリエント急行殺人事件』の方が断然、巧《うま》くて、面白かった。そちらのDVDを観直して、口直し。

七四年版のポアロ役にはアルバート・フィニー。乗客たちはローレン・バコール、イングリッド・バーグマン、ショーン・コネリー、アンソニー・パーキンス、リチャード・ウィドマーク……。いやいや、ナイトの称号まで授与されたジョン・ギールグッド（当時七十歳、美老人！）まで出ているんだから、たまらない。オールスター映画としてはピッタリの話。

子どもの頃、一番の憧れの男性スターは、アンソニー・パーキンスだった。ファンは「トニ・パキ」と略していた。全身、直線で出来上がっているようなスッキリとした長身。アイビー・ファッ

『さよならをもう一度』のアンソニー・パーキンス（右）

©UNITED ARTISTS/Album/共同

ションがピッタリの清潔感あふれる風貌。モダンな王子様のようだった。

観直したい出演作品は数々あるが、私もトシのせいか、まっさきに『さよならをもう一度』（'61年）を観直すことに……。若い男と中年女のラブストーリー。フランソワーズ・サガンの小説の映画化ね。当時、アンソニー・パーキンス、二十九歳。相手役のイングリッド・バーグマンは四十六歳。中年女へのまっすぐな恋。別れ話を出されてスネる様子……かわいかったあ！　アルフレッド・ヒッチコック監督の『サイコ』（'60年）も続けて観直したくなった。

◉青春の裏に隠された真実◉五〇年代のNY◉軽快な「死出の旅」

『ベロニカとの記憶』（'15年）を私は面白く観たのだけれど、おすすめしようかどうか、だいぶ迷った。主人公（男）の大いなる誤解がベースにある物語で、それによって引き起こされる悲劇というのが、あまりにも痛ましいものだから。

そのうえ、ストーリー展開が現在（老人）と過去（学生時代）が交錯する形になっていて、シッカリ観ていないと混乱しがちだから。

それでもあえておすすめしたいと思ったのは、この映画が「若さ」というものの「愚かさ」を描いていて、女の私でも他人事《ひとごと》とは思えなかったので……。

物語は、引退生活を送る男のもとに一通の手紙が届くことから始まる。その手紙がキッカケになって、彼は四十年も前の学生時代の初恋、そして親友の自殺事件を思い出すのだが……やがて、四十年間も信じ込んでいた自分の青春物語がガタガタと崩壊していくことに。さて、その裏にかくされていた真実とは？

当然のごとく主人公を二人の俳優が演じる（青春時代をビリー・ハウル、老人となった現在をジム・ブロードベント）。彼の初恋の相手ベロニカも二人の女優が演じる（若き日をフレイア・メーバー、現在をシャーロット・ランプリング）。

ケンブリッジ大学在学中の頃の描写がやっぱり愉しい。いかにも英国エリート青年たちという感じで。教師役として、イギリス製TVドラマシリーズ『ダウントン・アビー』のメアリーの夫役になったマシュー・グードが出演。メアリー役だったミシェル・ドッカリーも主人公の娘役で出ている。

というわけで、キャスティングと風景は大いに楽しめる。

＊

二〇一四年に八十四歳で亡くなったポール・マザースキー監督が自らの若い日々を描いた自伝的作品『グリニッチ・ビレッジの青春』（'76年）。

時代設定は一九五〇年代前半。俳優になることを夢みて、母親の猛反対を押し切ってニューヨークへとやって来た青年の甘酸っぱい青春物語。

五〇年代のニューヨーク、しかもグリニッチ・ビレッジが舞台になっているのが、まず、わくわく。高層ビルはあっても超高層というわけではない。戦前からのシブイ街並み。主演のレニー・ベイカーはともかく、まだ、あまり有名ではなかったクリストファー・ウォーケンやジェフ・ゴールドブラムなどの、若き日の姿が見られるのもありがたい。

同じく五〇年代のニューヨークを舞台にしたものに『**キャロル**』（'15年）がある。こちらは女の同性愛映画。その方面にはあんまり興味がないはずの私も惹きこまれて観た。

ケイト・ブランシェットの名を頭に刻みこんだのは『キャロル』だったと思う。

デパートの店員として働き、ジャーナリストになることを夢みているテレーズ（ルーニー・マーラ）は、ある日、キャロル（ケイト・ブランシェット）という人妻と出会う。テレーズには恋人もいるというのに、同性のキャロルに強く惹かれてゆく……。心理的なサスペンスばかりではなく、当時のファッション性にも魅せられた。

原作は偉大なる女性作家パトリシア・ハイスミス！　女の実力たっぷりの映画。

＊

『**ロング，ロングバケーション**』（'17年）を強くおすすめしたい。

長年連れ添ってきた夫婦がキャンピングカーに荷物を積み込み、二人だけの人生最後の旅を敢行するという物語。アメリカ北部のボストンから最南端のフロリダ・キーウェストまでという大旅行。

『ロング, ロングバケーション』
DVD 発売中
発売・販売元：ギャガ

まず、何と言ってもキャスティングがいい。ヘミングウェイをこよなく愛する元・文学教師である夫をドナルド・サザーランドが、その妻をヘレン・ミレンが演じている。昔からの映画好きだったら、「この二人だったら絶対に上出来映画に違いない」と確信できるはず。名優の顔合わせなのだもの。

その期待は裏切られない。元・教師の夫はアルツハイマーが進行中。ヘミングウェイに関して以外は、ボケまくっている。妻は勝気で頭もハッキリしているが、実はガンを抱えている。そんなこんなで、てんやわんやの道中になるのだが……。

いわば「死出の旅」なのだけれど、ユーモアもたっぷりと盛り込まれていて、明るく軽快。終盤、目的地の海岸で寄り添う二人の姿に、さまざまな思いが駆け巡り、感動せずにはいられない。

とりわけ妻役のヘレン・ミレン。一九四五年生まれのイギリス人だが、何しろ『クイーン』（'06年）でエリザベス女王に扮《ふん》したほどの演技派。しかも美人。若い頃から大人っぽく、自然な色っぽさをにじませる人で、私の憧れの的なのだった。この映画を観ながら、彼女の出演作の数かずを、しみじみと思い出さずにはいられなかった。

もちろんボストンからキーウェストまでの町の風物や人々の姿も見もの。ラスト、深い余韻。

◉神を信じない男◉移民問題を描く裁判劇

『ラッキー』（'17年）は甘さも華やかさも無い映画だけれど……私はしんそこ感動。書かずにはいられない。

アメリカの田舎町で一人で暮らすラッキーという名の老人の日常を淡々と描いた映画——。ラッキーは九十歳になった今でも神を信じず、タバコと酒をやめない。口数少なく不愛想だが、ゆきつけのバーもあり、親しい友人もいる。

そのラッキーが、ある日、突然、気を失った。病院で検査を受けると「異常なし」。それでも、ラッキーとしては自分の人生が終わりに近づいていることを痛感せずにはいられなかった。

神も何も信じない合理主義者が、確実に忍び寄って来る〈死〉をどう受け容《い》れるか——。その道筋を描いた映画なのです。ラストの一言がすばらしいので、聞き逃さないで。

ラッキーを演じるのはハリー・ディーン・スタントン。長年、個性的な脇役として一流監督に愛されてきた人だが、ヴィム・ヴェンダース監督の『パリ、テキサス』（'84年）で主役に抜擢され（当時五十八歳）、一気に注目の的に。今回、九十歳にして主演。脇の登場人物を演じる人たちも味わい深い名演（デヴィッド・リンチ監督も友人役で出演）。「人はみな生まれる時も死ぬ時も一人だ。〝独り《アローン》〟の語源は〝みんな一人《オール・ワン》〟なんだ」というセリフもいい。

ハリー・ディーン・スタントンは、この映画に出演してまもなくの二〇一七年九月に九十一歳で亡くなった。

『パリ、テキサス』のハリー・ディーン・スタントン
©Ronald Grant Archive/Mary Evans/ 共同

＊

日本人にはあまりピンとこないけれど、欧米では移民問題はとても切実で重要なテーマだ。

『女は二度決断する』（'17年）のヒロインであるカティヤは白人のドイツ人だが、トルコ系移民男性と結婚し、一人息子も生まれ、そこそこ幸せな日々を送っていたのだが、ある日突然、人種差別主義グループ（いわゆるネオナチ）のテロによって、一瞬のうちに夫と息子を失ってしまう。

カティヤは絶望の中で、気力を振り絞って裁判闘争にのぞむのだが……決定的な証拠が無く、容疑者たちは無罪となってしまう。失意のどん底でカティヤは決意する。「法の裁きが頼れないのだったら、私がこの手で彼らを裁く」と。

というわけで、この映画は女の復讐譚。無法のリベンジ。体を張った仇討ち話だ。

カティヤを演じるダイアン・クルーガーがすばらしい演技を見せる。かなり壮絶な話なのだが、ヒロインの心情に共感しつつ観ることができる。

この女優、以前は平凡なブロンド美女のように思っていたのだけれど、めきめきと演技派へと大成した。ドイツ生まれの四十二歳。裁判劇は苦手の私も、すんなりと乗れた。はい、おそれいりました。

監督はドイツでトルコ移民の子として生まれ育ったファティ・アキン。『愛より強く』（'04年）、『ソウル・キッチン』（'09年）、『50年後のボクたちは』（'16年）などの佳作があり、私のヒイキ監督の一人。今回も期待を裏切らなかった。

寒々としたドイツの街並み、贅沢《ぜいたく》ではないが趣味のいいインテリア、一転して明快なギリシャの海辺……といった背景も見ごたえあり。

◉ナンシー・ケリガン襲撃事件の裏◉『ブエナ・ビスタ・ソシアル・クラブ』再び

お若い皆さんはご存じないでしょうが、アメリカのフィギュアスケート界の問題児だったトーニャ・ハーディングの物語――。

貧しい母子家庭に育ちながらスケートで才能を発揮。ライバルのナンシー・ケリガンと女王の座を競い合い、一九九四年の全米選手権大会では、ナンシーが何者かに襲撃され、トーニャが優勝したのだが、結局、トーニャの元夫や友人たちが襲撃犯として逮捕されてしまう……という安手《やすで》の少女マンガを地でゆくようなスケーターなのだった。

演技中、スケート靴の紐《ひも》が切れたと、審判席に靴をドッカリのせて泣きながら訴えた騒ぎもあり、日本のTVニュースでもその映像が流れた。「ずいぶんワイルドな子だなあ」と驚いたものです。

『アイ，トーニャ　史上最大のスキャンダル』（'17年）はそんなアップダウンの激しいトーニャの半生を描いたもの。女手ひとつでトーニャを育てた母、思慮浅く暴力的な夫と、その友人。互いに激しく愛憎半ばして、離れることができない、よくも悪くも濃すぎる関係――。

そんな人間関係の泥沼が、すぐれた演者たちによって、いきいきとリアルに描き出されてゆく。なんでもっとクールにスマートになれないんだろう?とジレったくもあり、おかしくもあり。

私が一番笑ったのは、夫の友人のデブ男。陰謀史観に毒されているオタク。演じたのはポール・ウォルター・ハウザーというコメディアンだ。高圧的な母親を演じたアリソン・ジャネイも巧い。アメリカン・ドリームの現実、そして貧乏白人《プア・ホワイト》の実態をまざまざと見せてくれる快作だ。

*

あれからもう十八年も経ってしまったのか……。驚き呆《あき》れ、そしてシミジミ。

日本で二〇〇〇年に公開されたヴィム・ヴェンダース監督によるドキュメント映画『ブエナ・ビスタ・ソシアル・クラブ』('99年)には興奮させられた。一九五〇年代にキューバで結成されたバンドのメンバーたちの健在ぶりを伝えたもの。老いてなお味わい深いベテラン歌手たちの歌声と身のこなし……。もちろん、来日公演には駆けつけた。

そして十八年後の今——。故人となった歌手もいるけれど、存命の歌手たちは今でもステージ衣裳に身を包み、歌い、踊っている。今回の『ブエナ・ビスタ・ソシアル・クラブ★アディオス』('17年)では、ヴィム・ヴェンダースは製作総指揮に回り、ドキュメンタリー映画では定評のあるルーシー・ウォーカーが監督することとなった。

いやー、驚きました。歌手たち(最高齢は九十代)はステージ衣裳に着がえると、俄然、シャッキリ。実に味わい深い歌声と身のこなし。「人生」の厚みを感じさせつつも、軽快で粋なんですよ。

映画では、歌手それぞれの人生の道筋も語られる。順風満帆で通してきた人はほとんどいない。貧困や差別、夢と現実、愛と憎しみ……などの混沌《こんとん》の中から生まれてきた音楽であることがストレートに伝わってくる。九九年のヴィム・ヴェンダース映画では未収録だった映像も入っている。

男たちは（というよりジイサマ歌手たちは）さまざまなカジュアルな帽子をかぶっている。ハンチング、ベレー、ソフト帽など。貧弱になった頭部をカバーしていて、カッコイイ。シブイ。日本のジイサマたちも見習うべし！と思う。

たびたび映し出されるキューバの街並みも楽しく見もの。

二〇一六年の秋、キューバ革命の英雄・フィデル・カストロが亡くなった。九十歳。この映画に出演している歌手たちは、革命当時を知る人たちでもあるのだった。

◉S・ローナン大女優への道◉結婚初夜の翌朝◉最高にロマンティック

三十年ほど前、私はすでにいい歳になっていたけれど、ハイスクールを舞台にした青春映画『セイ・エニシング』（'89年）に、はまった。

平凡でのんきな男子のロイド（ジョン・キューザック）が、学校で一番の優等生美女ダイアンを好きになる。いわば〝高嶺《たかね》の花〟。それでも努力のかいがあって、奇跡的につきあうことができるようになったのだが……。

ユデタマゴのごときスベスベ顔のジョン・キューザックに目がクギづけだった。ベルギー漫画のタンタンにも似ている。大いに気に入った。一九六六年生まれ。『すてきな片想い』『シュア・シング』など青春映画に欠かせない存在だった。

監督・脚本は『シングルス』『あの頃ペニー・レインと』など軽妙な恋愛映画の名手、キャメロン・クロウ。


もはや私の青春時代は遥か遠くではありますが……アメリカ映画**『レディ・バード』**（'17年）にもどっぷりとはまった。

舞台はカリフォルニア州のサクラメント。主人公のクリスティン（シアーシャ・ローナン）はハイスクールの最高学年。みんなには「レディ・バード」と呼ばせている。演劇に興味があり、ニューヨークに行きたがっているのだが、母親は地元の大学に行かせようとしている。それで二人は、たびたび口ゲンカ。

ミュージカルの稽古《けいこ》で知り合った好青年ダニーと親しくなって、初めてのキスを経験。どうやらダニーは金持ち一族のお坊ちゃまらしいと知って、さらに舞いあがったのだったが……。

十七歳という微妙な年頃ならではの悩みや歓《よろこ》びや迷いがシッカリと描かれていて、大いに共感したり、笑ったり。

シッカリ者の母親、おとなしく静かだが大きな心で娘の成長を見守っている父親。この両親の姿にも共感し、ほほえましく思わずにはいられない。そしてまた、女友だちとの友情の危機と、仲直りの仕方。はい、私にも心当たりがあります。仲直りができた時のうれしさ。思い出して、つい、涙。

レディ・バードを演じたシアーシャ・ローナンは**『つぐない』**（'07年）の幼少期から注目してい

『つぐない』のシアーシャ・ローナン（手前）とキーラ・ナイトレイ

©WORKING TITLE FILMS/BAILEY, ALEX/Album/共同

た子なのだった。

一九三〇年代半ばのイギリスを背景にした、幼い少女の罪物語『つぐない』では、十三歳の少女ブライオニーを演じていた。ブライオニーは、美貌の姉セシーリア（キーラ・ナイトレイ）と共に、一夏を郊外の邸《やしき》で暮らしていた。邸の使用人の息子ロビー（ジェームズ・マカヴォイ）を兄のように慕っていたのだが、あることがキッカケとなって、嫌悪感を抱き、やがてセシーリアとロビーの仲を引き裂くことに……。

キーラ・ナイトレイは美の絶頂で、シアーシャ・ローナンは幼いにもかかわらずデリケートな演技。物語もやがて第二次大戦へと突入するドラマティックなものだった。

近年では『ブルックリン』（'15年）でも堂々の主役。順調に大女優への道を歩んでいて、うれしい。

本作ではレディ・バードの恋の相手となる俳優（ルーカス・ヘッジズ、ティモシー・シャラメ）も、若手の先頭を切っている。ハツラツとした、そして贅沢なキャスティングで満足のゆく仕上がり。

＊

今、最も見逃せない女優となったシアーシャ・ローナン。『レディ・バード』で演劇・映画に野

シアーシャ・ローナン（2017年）

©ABACA/ ニューズコム / 共同

心を抱く女子学生を好演したと思ったら、たたみかけるようにイギリスを舞台にした『追想』（'18年）が公開される。これがまた、一筋縄では行かないヒネッたラブストーリーなのだけれど、彼女だからこその微妙な演技で味わい深く見せている。

裕福な家庭に育ち、プロのバイオリニストを夢みていたフローレンス（シアーシャ・ローナン）は、ふとしたことから出会った青年エドワード（ビリー・ハウル）と恋に落ちる。彼の家は決して豊かではなく、しかも母親は脳に障害があった。それでも二人は、互いを信じて結婚したのだが……という話。冒頭の、結婚した二人が初夜の翌朝、浜辺にたたずむシーンから目が釘付《くぎづ》け。瞳の色と同じスカイブルーのドレスに身を包んだフローレンスの顔には憂いの色が……。いったいなぜ？というわけで、やがて二人の出会いから結婚に至るまでのいきさつが回顧されてゆく……。

一九六〇年代前半の、まだまだ保守性が強かった頃のウブな恋。リベラルな家庭育ちとはいえ、性意識にとまどい迷うヒロインをシアーシャ・ローナンはデリケートに演じ切っている。

六〇年代の入り口と出口では時代色は一変。ファッションも音楽も価値観も大きく変わった（イギリスにおいてはビートルズ以前・以後というククリかたができるかも）。そういう変化も表現されている。

原作・脚本はイギリスのベストセラー作家のイアン・マキューアン。

＊

最高にロマンティックな恋愛映画は？と考えた時、スッと浮かびあがってくるのが『ある日どこかで』（'80年）。ストレートな恋愛ものではなく、タイムトラベルという奇想を使った、いわば時空を超えた恋の物語。仕事に行きづまった劇作家（クリストファー・リーヴ）が逃避行気分で旅に出ると、妙に気になるホテルがあり、宿泊する。

ホテル内に若く美しい女の肖像写真があるを見て、異様な懐かしさ、慕わしさを感じる。調べてみると、一九一〇年代に人気があり、七二年になくなった女優（ジェーン・シーモア）であることがわかる。この世にはもういないというのに、なぜか恋心はつのるばかり。劇作家は奇抜な方法で彼女に会うことを決意する……。

これをスーパーマン役でブレイクしたクリストファー・リーヴが演じていた。見かけだけではない、演技力もしっかりあるスターだった。

◉A・ガーフィールドの演技力◉大杉漣初のプロデュース作

アンドリュー・ガーフィールドも今、最も注目している若手俳優のひとり。『アメイジング・スパイダーマン』のシリーズで共演し、恋愛関係になっていたエマ・ストーンとの破局が伝えられてから間もなく、二〇一七年のアカデミー賞授賞式では、エマ・ストーンは『ラ・ラ・ランド』で主

©ABACA/ニューズコム/共同

演女優賞を受賞。『ハクソー・リッジ』でノミネートされていたアンドリュー・ガーフィールドは主演男優賞を惜しくも逃してしまったのだが……。

　スパイダーマンのようなフラットな正義派ヒーローをこなしながらも、アメリカの貧困層の現実を描いた『ドリームホーム　99％を操る男たち』という映画にも出演。デリケートな演技力を見せている。ハンサムながら実力派俳優なのだ。

　さて、そんな彼が主演した『**ブレス　しあわせの呼吸**』（'17年）は、高名なプロデューサーのジョナサン・カヴェンディッシュの両親の実話をもとにしたもの。

　一九五〇年代半ば、美しく聡明《そうめい》な美女ダイアナ（クレア・フォイ）は多くの求愛者を蹴って、知り合って間もなく、財産も無いロビン（アンドリュー・ガーフィールド）を「運命の人」と直観し、結婚する。

　幸せの絶頂にいた二人だが、ロビンはポリオを発病。首から下は完全にマヒ、自力で呼吸もできず、余命は数カ月――という事態に。

　そんな中でも二人は、くじけることなく、人工呼吸器つきの車イスや障害者が操作できる電子装置などの商品開発に尽力。その功績は、一九七四年に大英帝国勲章を授与される程だった。

　アンドリュー・ガーフィールドの、あの長く美しい脚線が見られる場面が少ないのは残念だが、余命を「前向き」にとらえる、合理的で知的な人間像をみごとに描き出していた。

ロビンの友人役で、ヒュー・ボネヴィル（『ダウントン・アビー』のグランサム伯爵役でおなじみ）が出演しているのも嬉しい。

＊

二〇一八年二月二十一日、急性心不全で亡くなり、盟友・北野武をはじめ多くの人びとにその死を惜しまれた名脇役・大杉漣――。『教誨師《きょうかいし》』（'18年）は大杉漣にとって初めてのプロデュース作にして最後の主演作、そして遺作ということになってしまった。

突然の死は悲しいが、出ずっぱりの主演で、しかも上出来の映画になっていることが、せめてもの慰め。

ごくわかりやすく、シンプルな構成のドラマになっている。牧師の佐伯（大杉漣）は刑務所の教誨師として、月に二回、六人の死刑囚に次々と面会する。いずれも凶悪な犯罪をおかした者たちだが、その経歴も人柄も佐伯に対する接し方もさまざま。佐伯は親身になって彼ら（および彼女）の声に耳を傾けるのだが……。

当然のごとく密室劇、そして対話劇というスタイルになる。となると、息苦しい感じになるのだが、死刑囚を演じる俳優六人が、いずれも名演で、ダレさせない。

どこか憎めない愛敬《あいきよう》のあるヤクザの組長（光石研）、関西弁でまくしたてる下世話《げせわ》なオバちゃん（烏丸せつこ）、弱々しく老いたホームレス（五頭岳夫）……など。笑いあり涙あり。とりわけ烏丸せつこの突き抜けた演技に感動。プロの女優ですね！

観客である私もいつしか牧師の佐伯と一体になって、死刑囚六人と対話している気分になる。彼らおよび彼女に命を奪われた人びと、その家族、さらに社会的影響を思えば、死刑もやむなしとは思うのだが、悪者といえども人ひとりの命の重さが実感として迫ってきて、死刑制度支持の気持ちも揺らぐ。この映画はストレートに「死刑制度、是か非か」を問う映画ではないものの、間接的に、死刑という罰をどう考えるかを自問させてくれる。

大杉漣は、とまどいながらも懸命に誠実に、死刑囚たちと向き合う教誨師の役柄にピッタリ。あらためて、惜しい俳優を亡くしてしまった……という思いをかみしめた。

◉母を守るための嘘◉怪物の生みの親

最近の邦画では、『鈴木家の嘘』（'18年）を面白く観た。

郊外の戸建てに暮らす鈴木家は中年夫婦と子ども二人のごく平凡な一家だったのだが、大学生だった息子・浩一（加瀬亮）がある日突然、自分の部屋で首吊り自殺してしまう。まっさきに気づいたのは母・悠子（原日出子）で、あわてて包丁を握り、首吊りのロープを切るのだが、すでに手遅れ。そのショックと腕のケガのため入院した母は意識を失い、昏睡《こんすい》状態に陥り、やがて目ざめた後も健忘症に陥り、息子の死をおぼえていなかった。

父・幸男（岸部一徳）も娘・富美（木竜麻生）も悠子の精神状態を気づかい、「浩一は引きこもりをやめてアルゼンチンに行ったの。おじさんの仕事を手伝うために」という嘘をつく。ひそかにアルゼンチンで暮らす知人に頼んで浩一の筆跡をマネた近況報告の手紙を書いて送ってもらうようにするのだった。母・悠子はそれを信じて疑わなかったのだが……。やがて、そんな「鈴木家」の嘘も破綻を迎える時が来て……。

子どもに先立たれる（しかも自殺という形で）ことの辛さを思わずにはいられない。母親の気持ちを思って、一時しのぎとはいえショックを軽減しなければと嘘をつき続ける父と娘――。

その気持ちは理解できる。シロウトが偽りの芝居をし続けるわけで、当然のごとく破綻しがち。そこにサスペンスとおかしみが生まれる。涙あり、笑いあり。さらに家族の死を徐々に受け容れ、日常へと戻ってゆく心のプロセスも描かれてゆく。やっぱりドラマの中でクッキリとした存在感を示しているのが父親役の岸部一徳。サラリとした、いわゆる「自然体」の演技だけれど、突然に息子を失った父親の動揺や、妻や娘に対する気づかいなどをみごとに漂わせて見せる。あらためて、子どもに先立たれた親の胸のうち――というのはどんなに辛いものなのだろうと思わずにはいられない。

伊丹十三監督の『お葬式』（'84年）でも描かれていたように、葬式というのは悲しみの中にも妙におかしみも漂ってしまうもの。この映画でも、やっぱり悲喜劇的な感じが、確かにあった。

＊

フランケンシュタインと言えば、顔はキズ痕だらけで首にはボルトが突き刺さっている怪物だが、それを思いついたのは、今から二百年程昔、イギリスの詩人・シェリーの若妻メアリーだった――というのは有名な話。

『メアリーの総《すべ》て』（'17年）の主人公メアリーを、今一番イキオイのある若手女優と断言してもいい、エル・ファニングが演じている。三歳にも満たない幼さで映画出演。**〝天才子役〟**と呼ばれても、その後は伸び悩む者が多い中で、例外的に、きわめて順調に大スターへの道を歩んでいる。

小さな顔にスラリと長い手脚。デリケートな内面演技。スクリーンから目が離せない。

フランケンシュタインという怪物は、シェリーと詩人仲間・バイロン卿、そしてメアリーの三人が、それぞれ怪奇話を披露しあった中で、メアリーが思いついて語った話に登場する。この映画ではそのエピソードが描かれている。当時メアリーは十八歳だった。

バイロンもシェリーも天才肌と言えば聞こえはいいが、女たらしでハッタリばかり強い男のようにも見える。メアリーは、そんなダメ男たちに汚染されず、自分の「表現」を学び取ってゆく。そんなクールでバイタリティも旺盛なメアリーという人物像をエル・ファニングはみごとに描き出している。

十九世紀の女性作家と言ったら、恋愛物語の書き手というイメージだが、メアリーが書いたのはフランケンシュタインという怪物の話なのだ。その事実も珍しいことだと思う。ボーイッシュなところがある女の人だったのかもしれない。

時代設定としては一八一八年前後。日本で言えば江戸の文化・文政の頃。くるぶし丈のドレス、外出時には必ずかぶる帽子、ろうそくの明かり、羽根ペン、馬車……などの時代風俗も見もの。監督はサウジアラビア初の女性監督となったハイファ・アル＝マンスール。

◉ノーベル賞作家の妻の胸中◉村上春樹原作の韓国映画

グレン・クローズとジョナサン・プライスの丁々発止の演技合戦。しかも物語の舞台はノーベル賞授賞式――『天才作家の妻――40年目の真実――』（'17年）は、映画好きなら絶対に見逃せないと思うはず。

アメリカの有名作家のジョゼフ（ジョナサン・プライス）は、ある日、電話で「今年のノーベル文学賞はあなたに決まりました」と知らされる。妻のジョーン（グレン・クローズ）と手を取り合って大喜び。詰めかけたメディアや関係者を前にしてジョゼフは「（妻の）ジョーンなくして私はいない」という感謝の言葉を捧《ささ》げるのだったが……。

実は二人は大学時代に教師（ジョゼフはすでに妻子持ち）と生徒として知り合い、ジョーンはジョゼフを奪い取る形で結婚したのだった。さらに、ジョーンは作家志望だったジョゼフにアドバイスをするばかりではなく、自分よりジョゼフを優先して、ジョゼフのゴーストライターと言っていいほどの後押しをし続けてきたのだった。

本来なら自分が受賞すべきノーベル文学賞なのだったが、あくまで受賞者の妻としてふるまわなければならないわけで、ジョーンの胸中は複雑。夫のジョゼフがその事実を忘れたかのようにはしゃいでいるのもシャクにさわる……。そんな波乱含みの二人のゆく末は？

とにかくキャスティングが見事。妻を演じるグレン・クローズも夫役のジョナサン・プライスも。とりわけグレン・クローズの、胸のうちに複雑な苦さと一種の諦観を秘めた微妙な表情に胸を打た

グレン・クローズ（2019年）

©WireImage/ゲッティ/共同

れる。

　そんな妻の気持ちに全然気づかず、有頂天になっている夫を演じるジョナサン・プライスも妙な愛敬を漂わせ、見ごたえあり。

　若き日の二人の回想場面も楽しい。若い教師だったジョゼフを演じているハリー・ロイドはキリリとした美青年。まさに目の保養。生徒だったジョーンが憧れるのも無理はないと思わせる。

　スウェーデンのストックホルムで行われるノーベル賞授賞式の様子や、その前後のだんどりなども見もの。

　さて、結末は思いがけない展開に——。

＊

　韓国映画『**バーニング　劇場版**』（'18年）は若さというものの痛ましさがみごとに描かれている。原作は日本の村上春樹の短編小説。

　二人の男と一人の女。ほぼこの三人で話は進行していく。主人公になっているのは畜産農家の息子だが小説家をめざしている青年・ジョンス。ある日、街角でハデなミニスカート姿のキャンペーン・ガールに声をかけられてビックリ。幼なじみのヘミなのだったが、昔のおもかげはなく、はすっぱな美女になっていた。

やがて、ジョンスはヘミのパトロンのやや年長らしきベンという男と知り合い、そのゴージャスな暮らしぶりに驚く。そして三人の奇妙な関係が始まっていくのだが……。

ごく乱暴に言ってしまえば、「田舎」と「都会」という二つの焦点を持った映画。農村で生まれ育った男女二人が、都会らしさを体現するような正体不明の若い富豪に振り回される——といった構図。急激な都市化、それは韓国という国自体の姿でもある。

ジョンスの実家のビニールハウスが「田舎」の象徴のようになっていて、ラストでは大きくクローズアップされる。

主人公ジョンスを演じたのはサッパリ顔のユ・アイン。初々しく、デリケートな役柄にピッタリだ。

幼なじみを演じたチョン・ジョンソも、気が強く、田舎におさまりきれないハデ好み——という人物像を生き生きと演じている。

問題は、得体の知れない金持ち役のスティーブン・ユァン。どちらかというとスッキリとしたサワヤカ顔。もうちょっとクセのある、エネルギッシュな顔だちの俳優のほうがよかったのでは？

それにしても……今の韓国は凄い。経済発展はこうして映画界にも如実に表れていて、多くのすぐれた監督を生み出してきた。

私が一九八七年（ちょうどソウル五輪の前年）に初めて韓国旅行をした時は、都市部も農村部も歴然と貧しかったのに。この映画で描かれた街並みやマンション内のインテリアなどにも注目させられた。

◉人種を超えて◉フランス女流作家コレット

一九七〇年代に「アメリカン・ニューシネマ」と呼ばれた一連の作品をご覧になった方もいるでしょう。たとえば、『スケアクロウ』『イージー・ライダー』『真夜中のカーボーイ』など。たいてい、ふとしたことで出会った男二人が、共に旅をしたり生活を共にしたりするという設定で、ケンカし合いながらも、しだいに互いの孤独を深く理解し合ってゆく――。

『グリーンブック』（'18年）は、そんなアメリカン・ニューシネマの感動を懐かしく思い出させてくれた。必見です。

時代背景は一九六二年。物語の主はニューヨークに住む二人の男。一人はイタリア系白人でナイトクラブの用心棒をつとめるトニー（ヴィゴ・モーテンセン）、もう一人はカーネギーホールの上階に住む有名な黒人ピアニストのドクター・ドナルド・シャーリー（マハーシャラ・アリ）。

決して豊かではないトニーは家族のために、まとまったお金が必要だった。黒人ピアニストがこれから南部での演奏ツアーに出るという、その運転手役を引き受ける。

まだまだ人種差別がきびしかった頃。とりわけ南部では黒人に対する偏見が強かった。白人のニューヨーカーであるトニーにしても、黒人に対する差別意識はある。車を運転しながらも、後ろの席でふんぞり返っているドクターが気にくわず、何かにつけてモメていたのだが……。

改めて当時の南部の偏見の根深さに驚かされる。仲たがいしながらも、やがて互いに、人種を超えて、一対一の人間として理解し、心を許し合う関係になってゆくプロセスが、丁寧に、説得力を

ヴィゴ・モーテンセン（2019年）

©DPA/共同

持って描かれていて……うーん、やっぱり涙してしまった。何だかんだ言っても、まだアメリカには明朗な理想主義が残っているなあ、とも。

貧乏白人役のヴィゴ・モーテンセンは、エッ!?と目を疑うほど体重を増やしての役作り。プロ意識の凄さに頭がさがる。

タイトルになっているグリーンブックというのは、一九三六年から六六年まで発行されていた「黒人が利用可能の施設を記した旅行ガイドブック」だという。

＊

シドニー＝ガブリエル・コレットと言ったらフランスでは超有名な女流作家。日本で言えば樋口一葉と同世代。コレットは一八七三年生まれで、一葉は一八七二年生まれだ。

女の作家が珍しい時代の中で、今でも読みつがれている名作を残したところは同じだけれど、二人の人生はまったく違う。コレットはいち早く才能を開花させ、結婚離婚を繰り返しつつ長生きしたが、一様は貧苦の中で短い生涯を終えた……。コレットは才能にも運にも恵まれたのだった。おまけに（当時としては）長生き。

フランスの田舎町で生まれ育ったコレットは、たまたまその地に来ていた一流作家ウィリーと知り合い、結婚してパリへ。たまたまウィリーの小説を代筆してみたら、これがベストセラーとなりシリーズ化される。自信をつけたコレットはウィリーと別れ、パリの文芸サロンでさまざまな人たちと出会い、文学的刺激を受けるとともに恋愛・結婚を繰り返す。

第二次大戦が終わった頃はコレットはすでに七十二歳になっていたが、衰えることなく傑作『ジジ』（一九五八年に『恋の手ほどき』として映画化された）を書きあげる。五四年、八十一歳でこの世を去った。

映画『コレット』（'18年）はそんなコレットの前半生を中心に描いている。そんな中で見どころとなるのは、最初の夫ウィリーとの師弟的な、あるいは共犯者同士のような関係。こんな男女関係もあるわけだ。おまけに有名人になってからは同性愛まで……。

コレットを演じるのはイギリス映画界では実力も美貌もナンバー・ワンのキーラ・ナイトレイ。勝気顔がピッタリ。

そんなキーラ・ナイトレイは、『プライドと偏見』（'05年）のエリザベスもはまり役だった。原作はイギリスで大人気、映画化作品も多い、ジェーン・オースティン（一七七五〜一八一七）の『高慢と偏見』。

中流家庭のベネット家には五人の娘がいて、母親は何とかして良縁をと気をもんでいる。そんな母親にゲンナリしているのが次女のエリザベス（キーラ・ナイトレイ）。美人だが勝ち気で皮肉屋。舞踏会で出会ったダーシーという青年と、ちょっと言い争うことになるのだが……。嫌った相手が実は好きという黄金パターン。

当時ハタチのキーラ・ナイトレイがフレッシュ。太めの、りりしい眉、決して豊かとは言えない胸……というのが役柄ピッタリ。相手役のマシュー・マクファディンは、いまいちスカッとしなかったけどね。

◉ありえない！　でも楽しい◉大切な人を亡くした叔父と姪

『クローゼットに閉じこめられた僕の奇想天外な旅』（'18年）はカラフルで、突飛で、愉快な映画です。感動に打ち震えるようなことは無いけれど、軽やかな楽しい気分にしてくれる。

主人公は、インドのムンバイで生まれ育った青年アジャ。幼い頃から母一人子一人の貧乏暮らし。路上でマジック・ショーを演じて小銭かせぎをしていた。夢はお金をためて、一度も会ったことのない父親と会うこと。

ようやく大人になったものの、母親は他界。アジャは父親と会うことを夢みてパリへと渡る。幼い頃からカタログ雑誌を見てオシャレな家具に憧れていたアジャは、パリのインテリア・ショップに展示されていたクローゼットが気に入り、その中で一晩を過ごすことになるのだが……なんと彼が寝ている間にパリからロンドンへと発送されてしまうのだった——という、いささか強引な展開。

ローマの公園では、気球を見つけて、それに乗って旅をするというのも偶然すぎるけれどね……。気球に乗ってみるという楽しさのほうが勝ってしまって、非難する気にはなれない。

もちろん、この冒険話も恋愛エピソードつき。周辺人物たちもトボケた笑いを誘う。とにかく終始、明快な色調の映画です。スターたちも国際色豊か。

主演青年はインドの俳優で、「濃い顔」が苦手な私としては、ウットリというわけにはいかなかったのだけれど……ローマの大女優の役でベレニス・ベジョが出ていたのが嬉しかった。『アーティスト』（'11年）、『グッバイ・ゴダール！』（'17年）などに出演。大人っぽい顔だちで、四十代に入った今も美貌は衰えず。ゴージャス感を発散していた。

監督は『人生、ブラボー！』『人生、サイコー！』などを手がけたケン・スコット。原作となった小説はロマン・プエルトラスの『IKEAのタンスに閉じこめられたサドゥーの奇想天外な旅』。

＊

パリの街を舞台にした、若い叔父と幼い姪《めい》の話『アマンダと僕』（'18年）。大変な惨劇が話の芯になっているけれど、後味は決して悪くない。人と人とが支えあい、愛しあうことの貴さが胸にしみる映画です。

便利屋をしている青年ダヴィッドは、仕事のかたわら、シングルマザーである姉の一人娘アマンダの、小学校の送り迎えをしている。複雑な家庭事情はあるものの、お互いに支えあって生きている仲よし姉弟なのだ。

ところが、ある日。市内の広場である大事件があり、姉は亡くなってしまう。当然、ダヴィッドは大ショックを受けるのだが、幼いアマンダが残されてしまったので、そんな感傷にひたっているわけにもいかない。迷ったあげく、アマンダを養護施設にあずけるのではなく自分で面倒をみようと決意する。

主人公ダヴィッドとその姉は、父母が離婚したため父子家庭育ち。日本流のイヤな言い方をすれば「欠損家庭」。それでも姉弟の絆は強く、深い。

今また姉の急死によって若い叔父と幼い姪という「欠損家庭」が出来上がったわけだが、お互いギクシャクしながらも、あらたな情の絆ができていく……。

ラストシーンがいい。気丈にふるまっていたアマンダの堰《せき》を切ったかのような涙。そして笑顔。私も感涙。

生まれた時から闘いだった

2

◉イギリス海峡・ガーンジー島の読書会◉ディカプリオ&ブラピ夢の競演

世界的に大ヒットし、NHKでも放映された『ダウントン・アビー』のファンだったら、『**ガーンジー島の読書会の秘密**』('18年)は絶対に楽しめるはず。おなじみの顔ぶれが複数、出演しているし、限定された土地の中での人間模様の面白さというところも似ているので。

物語のヒロインはロンドン在住の新進女流作家、ジュリエット(リリー・ジェームズ)。時代背景は第二次大戦が終わった一九四六年。金持ちアメリカ人の婚約者もいて前途洋々。

そんな中、ある日、一通の手紙を受け取る。イギリス海峡に浮かぶガーンジー島の住人からの手紙で、大戦中、ドイツ軍に占領されていた時、島民は「読書会」と称してドイツ軍の目をごまかし、集まって食事をしたり語り合ったりして「心の避難所」にしていた……という話だった。

ジュリエットは、おおいに興味をかきたてられて、単身、島へと旅立つ。それはジュリエットの運命を大きく変える旅となった――。

島では、手紙の差出人であるドーシーという男の人(ミキール・ハースマン)が案内役をつとめるのだが、読書会の創設者・エリザベスのことに関しては口が重い。そんな謎めいたところも気になりつつジュリエットは、しだいにドーシーに惹かれてゆく……。

過去(戦時下)の回想と、現在(戦後)の話が、たびたび往復的な形で描かれているので、ちょっと頭の中が混乱してしまうのが難。それでも両方ともラブストーリー的要素があるので、楽しめる。

海に囲まれた島の風物やライフスタイル、四〇年代のつつましいファッションやインテリアなども、大きな味わいどころになっている。

個人的には、脇役ではあるがトム・コートネイが出演しているのが嬉しかった。その昔、『ドクトル・ジバゴ』（'65年）でロシア革命の闘士役を演じた人。ハンサムというのではないけれど渋くて好きでした。今回の映画では人柄のいいジイサン役だった……。

ドキュメンタリー映画『**カーライル　ニューヨークが恋したホテル**』（'18年）もおすすめします。セントラルパークのそばにある、一九三〇年に創業されたザ・カーライル アローズウッドホテルは歴代大統領やセレブが泊まるホテルとして有名。カメラはその内部の隅々まで映し出す。ジョージ・クルーニーなど常連セレブばかりではなく従業員のコメント（気さくでユーモラス）もたっぷり。

＊

〝**映画おたく**〟のクエンティン・タランティーノ監督が一九六九年のハリウッドを描く『**ワンス・アポン・ア・タイム・イン・ハリウッド**』（'19年）。なおかつ、レオナルド・ディカプリオとブラッド・ピットという大物二人の競演。時代背景は同年、実際に起きたシャロン・テート惨殺事件を絡ませた物語——というわけで、映画好きにはたまらない要素がいっぱい。

レオナルド・ディカプリオが演じるのは往年の西部劇の大スター、リック・ダルトン。中年にな

(左から) ブラッド・ピット、レオナルド・ディカプリオ、クエンティン・タランティーノ監督 (2019年、共同)

って、昔の勢いは無く、悪役専門といった感じになっている。そんなリックを支え、苦楽を共にしているのが、彼のスタントマンをつとめてきたクリフ。これをブラッド・ピットが演じている。

当時のハリウッドのセレブたちの邸や暮らしぶり、さらに撮影風景などもたっぷり見られる。中でも、『ブルース・リーのグリーン・ホーネット』撮影中のブルース・リー——というシーンが興味を引く。「そうだった、そうだった。ブルース・リーが大人気の時代だった」と懐かしい。ちょうど若者たちの多くがヒッピー文化に染まっていた頃。『イージー・ライダー』が作られたのも一九六九年のことだった……。

リックとクリフは、ふとしたことからヒッピーの少女たちが集団で暮らしている牧場を訪れる。そこのリーダーの名前はチャールズ・マンソンだった！

この名前に戦慄する人は、今や少なくなっているのかもしれない。一九六九年八月九日、マンソンの命令で、美人女優にしてロマン・ポランスキー監督夫人だったシャロン・テートが妊娠八カ月で信者たちに惨殺されたのだった……。そのニュースに当時の私は、かなりのショックを受けたものだった。今回のこの映画では、マーゴット・ロビーがシャロン・テートを演じている。

ハリウッドが「魔都」の魅力を放っていた頃――。当時の音楽、ファッション、街並みなども懐かしく、エキサイティング！

◉是枝監督初の国際共同製作◉大人のためのアニメ映画

読者の中には、若き日のカトリーヌ・ドヌーヴの圧倒的美貌を覚えている人が多いに違いない。『シェルブールの雨傘』（'63年）の可憐さ、『昼顔』（'67年）の妖しさ……。アメリカ美女とは一味違う、繊細（時に冷ややかに見えるほど）な美貌だった。

そんな、フランスの美神も今や七十代半ば。さすがにシワやタルミはあるものの、昔の面影は十分に保っている。

『シェルブールの雨傘』のカトリーヌ・ドヌーヴ

©AF Archive/Cinetext B/Mary Evans Picture Library/ 共同

『真実』（'19年）は、日本の是枝裕和監督が脚本・監督を手がけたもの。

まるでドヌーヴの実生活のごとく、「国民的大女優」の老女ファビエンヌの自伝本が出版されることになって、その出版祝いのために海外にも散らばっていた子どもや孫が集まって来た――という設定。

久しぶりの一族再会。おばあちゃんとはいえ、いまだに美しく、スター意識をつらぬいているファビエンヌをめぐって、その娘（ジュリエット・ビノシュ）や元夫（ロジェ・ヴァン・オール）

や長年の秘書（アラン・リボルト）などが、抑えていた本音や屈折した思いをあらわにしていく。

まず、なんといってもドラマの中心であるカトリーヌ・ドヌーヴが見ごたえたっぷり。いくぶん肉がついたものの、昔の面影はシッカリと残している。だから、この映画を観ながら、昔ホレボレとして観た過去の映像の数かずがスンナリと重なって思い出されるのだ。

人物描写も面白い。老いてなお強固なスター意識を手放さず、家族や雇い人の上に君臨する老女。そんな強引さが、頼もしく、また、せつないおかしみを漂わせている。「私は女優よ、事実なんて口にしない。事実なんて面白くないもの」というセリフに……シビレました。

かねがね小ざかしい演技をする女優だなあと、私が嫌っていたジュリエット・ビノシュもこの映画では、抑えた演技で好感が持てた。

是枝監督の演出ぶりやカメラワークなども的確。ヒロインの愛犬も超かわいい。

＊

子どもの頃、ディズニーの『バンビ』（’42年）を観て一大感動した私だが、今やすっかりアニメ嫌いになってしまった。世界的人気の宮崎アニメも、ストーリーはともかく、絵柄（特に人物の顔の描き方）が好きになれず、めったに観ない。

にもかかわらず、イギリス・ルクセンブルク製アニメ『エセルとアーネスト　ふたりの物語』（’16年）にはドップリはまった。なんといっても絵柄が大人っぽく、渋いオシャレ感があってステキ。世界中から愛されている『スノーマン』『さむがりやのサンタ』『風が吹くとき』の絵本作家であるレイモンド・ブリッグズが、自身の両親の人生を描いたもの。一九二八年から第二次世界大戦をはさみ、七一年までの話。

貧しいけれど愛と希望にあふれた一家の記録。馬車は自動車になり、石炭ストーブはガスレンジになり……といった生活様式の変化のディティールも大いに見もの。

そして、やがて、世代交代——。時の流れ。無常というもの。小津映画に通じるような味わいあり。大人だからこそ深く味わえるアニメ映画。断然、おすすめします。

犬好きの方にはぜひ観てほしいのが『僕のワンダフル・ジャーニー』('19年)。一七年のラッセ・ハルストレム監督の『僕のワンダフル・ライフ』の続編といってもいい映画です。

監督はゲイル・マンキューソという女の人に変わったけれど、大好きな飼い主に再会するために何度も生まれ変わる犬の話、というところは同じ。

次々に「転生」する犬の愛らしさ。賢さ、運動神経の凄さにホレボレ。もはやストーリーはどうでもよかったりして。後半に登場の涼しい目をしたアジア系美少年にも注目。

◉「超」がつくほどコワイ◉ヘルムート・バーガー引退

『グレタ GRETA』('18年)はスリラー映画です。気の弱い人にはオススメしません。でもコワイ映画も好きという人には、ぜひ観てほしい。

舞台はニューヨーク。物語の軸となっているのは高級レストランでウェイトレスをしているフランシスという若い女の子。地下鉄通勤をしていて、座席に誰かが置き忘れたバッグを発見。中を見て持ち主の名前や住所がわかったので、届けに行く。

置き忘れた人はグレタという名の中年（初老？）の未亡人で、おおいに感謝する。それがキッカケで、二人は親しい仲になる。母を亡くしたフランシスは、グレタに母への思いを重ねていたのだったが、やがてグレタの熱すぎる行動に疑問を抱くようになる……と、まあ、ここまでしか書けない。とにかく、いっぷう変わったスリラー映画です。

イザベル・ユペール

©Sputnik/共同

フランシスを演じるのは、子役時代から『キック・アス』『キャリー』などで大人気だったクロエ・グレース・モレッツ（二十二歳）。グレタを演じるのは今やフランスのナンバーワン女優と言っていいイザベル・ユペール（六十六歳）。

さすが、ベテランのイザベル・ユペールが迫真の演技。どこまでも優雅で繊細なまま狂っているんですよね。映画好きだったら、一九八八年に彼女が出演していた『主婦マリーがしたこと』を懐かしく思い出すに違いない。

グレタという女の人物造形も面白い。一見、若い女の子に慕われそうな奔放さとエレガンスを併せ持っているように見えるのだ。「人生の素敵な先輩」という感じで。

ラストは「超」がつくほどコワイ。ゾクッとする。血しぶきが飛び散るといったものではなく、あくまでも心理的な恐怖感。

監督・脚本は『クライング・ゲーム』（'92年）、『ことの終わり』（'99年）、『ダブリン上等！』（'03年）などの快作を生み出したニール・ジョーダン。やっぱり、うまいなあ。

スリラーといえば、アルフレッド・ヒッチコック。

恋愛スリラー『レベッカ』（'40年）はアメリカへ初めて進出した作品で、第十三回アカデミー賞作品賞を受賞した。

モンテカルロで出会った男と女……。男は資産家で、一年前に妻のレベッカが事故死したという。女は、あやぶみながらも彼のプロポーズを受け入れる。彼の大邸宅に引っ越してみると、使用人たちの様子が怪しい。特にレベッカを崇拝していたらしいダンヴァース夫人が……。その場面、（頭の中で）笑ってしまうほど、こわい。

男を演じたのはローレンス・オリビエ。女を演じたのはジョーン・フォンテイン。怪しげな脇役ジョージ・サンダースも見もの。

やっぱりヒッチコック映画は愉しいなあ、うまく出来ているなあ……と思わずにいられない。

謎やサスペンスの作り方が巧いうえに……色気がある。品よく、つつましいものだけれど。

ヒッチコックが、まだイギリスにいた頃の初期作品『バルカン超特急』（'38年）では、早くもユーモアとエロティシズムが漂っていた。

男は頭脳明晰のうえ腕力もあるが、ひけらかすことはない。女は勝ち気で負けず嫌い。だからこそ、女が屈服するラブシーンが引き立つというもの。

一九三〇年代の列車の様子（ただし、贅沢な部類の車両）は、こんなふうだったのか……という興味も満たされる。

＊

二〇一九年十一月、ヘルムート・バーガーが健康上の理由から芸能界引退。一九七〇～八〇年代は「ヘルムート・バーガーの時代」だったと言ってもいいのでは？

その美貌をヴィスコンティ監督に見込まれて、**『地獄に堕ちた勇者ども』**（'69年）の鮮烈な女装シーンで一気にブレイク。『ドリアン・グレイ　美しき肖像』『雨のエトランゼ』『悲しみの青春』『別離』『家族の肖像』などを追いかけて観たものだった。『ゴッドファーザーPARTⅢ』にハゲカツラで登場したのにはビックリ。美男スターから怪優へ？　やっぱり代表作は『地獄に堕ちた勇者ども』では？　ヴィスコンティ監督との絆は、今や伝説的。ほんと、長生きしてもらいたいスターです。

『地獄に堕ちた勇者ども』のヘルムート・バーガー

©Ronald Grant Archive/Mary Evans/ 共同

※ヘルムート・バーガーは、二〇二三年五月に亡くなった。

◉コミカルなリアル終活◉リンドグレーンのほがらかな人生

ずいぶん前から妹や友人には「葬式無用」と言ってある。内心、「葬式、断固拒否」とまで思っている。私が死んだからといって、人をわずらわすのがイヤだし、第一、テレくさくてかなわない。

そんな私でも、ロシア映画『私のちいさなお葬式』（'17年）のヒロインである婆さんには、おおいに共感した。そうか、こんなふうに人をわずらわせることなく、万事、自分の好みのままに、満ち足りた気分で、この世を去ってゆくこともできるのかもしれないなあ、と。

物語の主人公は長年、教師をしてきて、七十三歳の今は一人で年金暮らしをしているエレーナ。健康には自信があったのに、ある日、医師から「心臓に問題あり。いつ心肺停止になってもおかしくない」と言われてしまった。そして数日後には突然、胸の痛みに襲われ、昏倒してしまう……。

ようやく自分の死をリアルなものとして考えるようになったエレーナは、自分自身の葬式計画を練り始めるのだったが……。

元教師という設定が物語の中で生きている。死期を悟っても取り乱すことなく、「その時」を迎えるのにはどうしたらいいのかを、ちょっとした旅に出るかのように考え、着々と実行していくのだ……。

なあんて書くと、シリアスで教訓めいた話のようだが、全然、そんなことはない。全編に、とぼけたおかしみが漂っている。風変わりなコメディとも言える。素朴だけれど、俗臭ふんぷんの隣人たちの描写も面白い。一番のおかしみは「冷凍されたのに解凍したら生き返った鯉《こい》」！

都会で忙しく働く息子への、一歩引いた深い情愛にも注目したい。子どもに依存するなんてことは全然考えないのだ。

古びた木造の家、素朴な味わいの雑貨も好もしい。ラストに流れるのはロシア語版『恋のバカンス』！　一九六三年にザ・ピーナッツが歌って大ヒットした曲だ。当時のソ連でもはやっていたのだろう。エレーナははたちの頃へと戻っていく……。

＊

『長くつ下のピッピ』『やかまし村の子どもたち』などで世界中に知られる児童文学者のアストリッド・リンドグレーンの勇ましくもホガラカな生涯を描いた『リンドグレーン』（'18年）。一九〇七年生まれ。スウェーデンの農場育ちのオテンバ少女が作家になるまでの、まあ、出世スゴロクのような話だが、スウェーデンの大自然、一九二〇～三〇年代という世界的にも激動の時代背景、勤務先の編集長との恋愛なども描かれていて、ダレることなく面白く見せる。

日本映画では周防正行監督の『カツベン！』（'19年）に興味津々。トンカツ弁当じゃないですよ。大正時代、映画はまだサイレントで、映像ばかりで音声はつけられなかった。それで「活動写真」と呼ばれていて、セリフやストーリーを説明する「活動弁士――略してカツベン」という職業が生まれた。

カツベンは当時の最先端職業。女たちには大いにモテたらしい。この映画はそんな時代を背景にした、「活動写真」と弁士の青春物語になっている。少々ドタバタじみてはいるけれど。「和」と「洋」の混然としたファッションも面白かった。

日本映画史の中で最高の男性スターと言ったら、私は断然、八代目・市川雷蔵だと思う。

八代目・市川雷蔵（1966年、毎日新聞社）

三十七歳という若さで亡くなってしまったけれど、時代劇も現代劇も、悲劇も喜劇も演じられる大スターだった。ほんと、男の「クール・ビューティ」。素顔は平凡なのに、メイクが映えるスターだった。

多くの出演作の中でベストと思うのは『薄桜記』（'59年）。片腕を失った主人公が、地を這《は》って剣をふるう場面の悲壮美！　ぜひ観てもらいたい。

勝新太郎と競演の『初春狸御殿《はつはるたぬきごてん》』（'59年）も、ぜひ。爆笑ものです。世間からはライバル視されていた勝新太郎は、実は雷蔵を慕っていた。「雷ちゃんは、いい匂いがした」という言葉。私はじかに聞いた。

◉ゲンズブールの風格◉女による女のための映画

シャルロット・ゲンズブールは、一九七〇年代当時最も先端的なカップルだった、ジェーン・バーキンとセルジュ・ゲンズブールの間に生まれ、十四歳にして『なまいきシャルロット』（'85年）で堂々の主演。以降、女優としても歌手としても順調なキャリアを積んでいる。

『**母との約束、250通の手紙**』（'17年）では、タイトル通り不屈の精神と知恵を持ったモンスター的な母親役を、ごく自然にこなしている。その姿には、「風格」というものさえ漂う。

この映画は、フランスの文豪、ロマン・ガリとその母の破天荒な人生を描いた自伝的小説『夜明けの約束』をもとにしたもの。

ロシアからポーランド、そしてフランスに渡ってきた貧しいユダヤ系だったが、母のニーナはワルすれすれに生活力たくましく、どこまでも強気で、幼い息子のロマンに「お前は大作家になる！」と断言する。自由フランス軍に志願し、戦地で苦しむ息子にも強気いっぽうの手紙を送り続ける……。

いっぷう変わったおとぎ話か、軽快な冒険ファンタジーといった感触。息子が作家になったら、「お前は大人。もう私は必要ない」と距離を置く――その、いさぎよさも好もしい。

＊

ルイーザ・メイ・オルコット女史の『若草物語』ほど息が長く世界中で愛されてきた少女小説というのも珍しいだろう。一八六八年（明治元年）に発表されてからザッと百五十年だが、物語で描かれた四人姉妹の人物造形には、いつの世にも変わらぬ普遍性があるからに違いない。

一九八三年生まれのNY派の女性監督グレタ・ガーウィグもまた、少女時代から『若草物語』の愛読者で、自立心が強い次女のジョーに強い共感と憧れを抱いていたという。

念願の映画化でヒロインというべきジョー役に選んだのは、前作『レディ・バード』でも主役に起用したシアーシャ・ローナン。あっ、やっぱりねーと私は喜んだ。

今回の『**ストーリー・オブ・マイライフ　わたしの若草物語**』（'19年）には、やっぱり子役時代から注目してきたティモシー・シャラメも重要な役で出演している。四姉妹それぞれの幸せ探し。

軽薄でチャッカリしている四女のエイミー（フローレンス・ピュー）とのいさかいなど、今の時代にも十分通用する。南北戦争の頃の信仰深い家庭の衣裳、家具調度、生活スタイルなど見どころたくさん。御大メリル・ストリープが、さすがの貫禄。女による女のための映画です。

◉パーッとハデに◉美神◉子ども目線の戦争

ウイルスがこわくて引きこもりの日々。何かパーッとハデなアクション映画を観たいなあーと思っていたら、ありました。リュック・ベッソン監督の『ANNA／アナ』（'19年）。

何しろ米ソ冷戦時代のKGB（ソ連）とCIA（アメリカ）の暗闘を背景にした話で、しかもヒロインは二重スパイなのでストーリーは複雑。もうちょっと単純にしてくれてもよかったのになあと思う。それでも、ヒロインの表向きの職業はファッション・モデルという設定なので、華やかさはたっぷり。

お洋服、とっかえひっかえ。ヘア・ウィッグも白、金、オレンジなどいろいろ。演じるのは一流モデルだったサッシャ・ルス。長い手脚を使っての体技も見もの。表情に乏しいのは役作りのせいなのか、それとも……？

ヒロインの上司（？）を演じるのはヘレン・ミレン。エリザベス女王まで演じた堂々の大女優。この人が出て来るだけで映画の格が上がるというもの。大好きな女優なのだけれど……黒ブチメガネ、ちょっと大きすぎないか。

『ＡＮＮＡ』とはガラリと変わって、『ブリット＝マリーの幸せなひとりだち』（'18年）はスウェーデンのおばちゃんの変身物語。

結婚生活四十年、六十三歳のブリット＝マリーは、夫に愛人がいることを知り、スーツケース一つで家を出る。職安でようやくみつけた仕事は、小さな村の少年サッカーチームのコーチ！　サッカーにはまるで無知だが、持ち前の生マジメさで打開してゆく。いつのまにかその町が新天地に。更に新しい恋も……。

グチっていないで、サッサと行動したらという教訓。明るい色使いのインテリアも楽しい。チームの子どもたちもかわいい。


「妻の旅立ちもの」の名作『バグダッド・カフェ』の日本公開は一九八九年だった。

アメリカ旅行中のドイツ人夫婦がケンカをして、妻のヤスミンは車を降り、砂漠の中の寂れたモーテル「バグダッド・カフェ」に一人で泊まる。そこで過ごすうちに、ヤスミンは眠っていた才能や魅力を発揮、女店主をはじめ周囲の人びとをも活気づけていく。

肥満型のヤスミンが、次第にルノアールの絵の中の女のように見えてくる。おデブならではの、柔らかく豊かな魅力が輝き出す。ヤセっぽちの女店主とのコンビネーションも楽しかった。

砂漠を吹き渡るような『コーリング・ユー』の歌が胸にしみる。

私は翌朝、早起きして房総へと、さまよい出ずにはいられなかった。

©Ronald Grant Archive/Mary Evans/共同

＊

コロナのせいで新作映画の公開日も混乱したが『アンナ・カリーナ　君はおぼえているかい』（'17年）は予定通り公開された。

アンナ・カリーナは一九六〇～七〇年代の美神だった。少年のようにスリムで鋭角的な体に小さな顔。マッサオな瞳。デンマーク出身だが、ココ・シャネル（当時、まだ存命だった）にモデルとして認められ、その清新でファニーな魅力にジャン＝リュック・ゴダールが惚《ほ》れ込み、女優として起用。

中でもぜひ観てほしいのが『気狂いピエロ』。ファニーフェイスのジャン＝ポール・ベルモンドとの共演。サイコー！　わけわからん系の映画も、この二人の魅力で超オシャレに。ファッションも全然、古臭く見えない。

ミニスカートやパンタロンは、七〇年代初頭には、すっかり定着。そんな中で出会った映画『フォロー・ミー』（'72年）も好きだった……。

ヒッピー風の自由気ままな女（ミア・ファロー）が、良家の青年に惚れられて結婚したものの、さすがに違和感があり、ロンドンの街をさまよってウップンを解消している。夫は、それを疑い、ひそかに私立探偵をつけるのだが……という話。

尾行する男。尾行される女。やがて両者の間に暗黙の了解のようなものが芽ばえてくる。そこが新味なドラマになっていた。

やせっぽちで中性的なミア・ファローの全盛時代。多くの女はシンデレラ物語のような上昇志向的なロマンを好むようだが、このヒロインは逆。一番に望むのは「自由」なのだった。

ミア・ファローの個性も、役柄にピッタリだった。当時、失業中の私、はい、胸にしみました。

＊

第二次大戦後、七十年以上が経つというのに、いまだにそれを題材にした映画が続々と作られている。ありがたいことだ。誤解を怖れずに言うなら、戦争とは国家規模での生と死の一大ドラマなのだから。映画と戦争は相性がいいのだ。

二〇二〇年秋から冬にかけて、大戦中のヨーロッパを舞台にした映画があいついで上映される。まず一本はドイツ映画の『**ヒトラーに盗られたうさぎ**』（'19年）。

ベルリンで平穏に暮らしていたユダヤ系の一家は、ヒトラーの勢力が強まったことを怖れ、ほとんど身ひとつでスイスへと逃れる。まだ九歳の娘アンナは、大好きだった〝ピンクのうさぎのぬいぐるみ〟も持てないまま家を出たのが残念でならない……。

街っ子だったアンナが、たくましく村での暮らしに慣れた頃、今度はフランスへ。さらにイギリスへ――。当時のユダヤ系家族の苦難ぶりがヒシヒシと伝わってくる。民族的迫害を物語の芯にしていても、どこか明朗な冒険話のような味もあるのは、少女の目を通して見た話だからだろう。原作者は児童文学の世界では有名なジュディス・カー。少女時代の実話だという。

一家揃《そろ》っての逃避行。**『サウンド・オブ・ミュージック』**（'65年）のラストの山越えシーンを思い出さずにはいられない。

『サウンド・オブ・ミュージック』といえば、クリストファー・プラマーを最初に意識した作品。オーストリアの誇り高き軍人、ゲオルク・フォン・トラップを演じた。最後はナチスから逃れるべく、アルプスを越え、スイスへ向かう……。

以来、クリストファー・プラマーはずっと第一線。善人役も悪人役もＯＫ。頭も体も頑健なのだろう。近年の主演作品では『手紙は憶えている』（'15年）が、まさに鬼気迫る名演。これもナチスがらみの話。『ゲティ家の身代金』（'17年）も、さすがの貫禄。

同時期のナチス関連の映画**『アーニャは、きっと来る』**（'19年）。こちらはイギリス・ベルギー合作映画。舞台はフランス、ピレネー山脈のふもとの小さな町。羊飼いの少年が、ナチスの迫害から逃れてきたユダヤ人をかくまい、ユダヤの子どもたちをスペインへと逃がす——という大作戦に協力する。村の中にユダヤ人が逃げ込んでいるというだけで騒然となる村人たち……。

主役のジョーは美少年。わき役としてアンジェリカ・ヒューストンにジャン・レノ、ドイツのトーマス・クレッチマン……とキャスティングも豪華。

◉チャップリン、キートンに通じるおかしみ◉「私は、いつか火を噴く活火山」

『天国にちがいない』（'19年）はジイサンが主役だし、会話も少ない映画だけど、私自身はおおいに愉しく、感心して観たので、やっぱり書かずにはいられない。

中東のイスラエルに住む初老（中年？）の映画監督が、新作映画の売りこみのためにパリへ、そしてニューヨークへ――。その道中のエピソードが、次から次へとショート・コント風につづられてゆく。監督役を演じているのはエリア・スレイマン監督。脚本も担当。つまり自作自演の映画です。

ナザレの町を歩いていると、一人の老人に呼びとめられ、「へびの恩返し」のような奇妙な話を聞かされる。パリに行けば、なぜか何台もの戦車が走っている。ニューヨークでは公園の池のほとりに天使の羽根をつけた少女を見かけるが、ちょっと目を離したすきに少女の姿はなく純白の羽根だけが残っていた……。

そんな夢うつつのようなエピソードがつながれてゆく。何が起きてもジイサンはたいして驚くふうもなく、淡々と眺めている。そこがいい。唯一、表情を崩したのは、仕事机にやって来た小鳥が思いがけない〝演技〟をしたシーン。最高。おかしい。

ゲラゲラ笑いを誘うタイプのものではなく、静かにクスッと笑わされる。そして、見終わったとき、「なんだかんだあっても、やっぱり人間っていいなあ、世の中っておかしいものだなあ」と、胸が広がったような、いい気持ちにさせてくれる。知らない町を訪ねてみたい……という気持ちもフツフツと。

正直言って、私、エリア・スレイマン監督という人、初めて知った。一九六〇年、イスラエル領ナザレ生まれのパレスチナ系イスラエル人で、一九八一年から九三年までニューヨークで暮らしていたという。

「ついでに」と言ったらバチが当たるかしら、旧作ですがバアサン映画の傑作も。

『八月の鯨』（'87年）は米メイン州の小さな島の別荘で一夏を過ごす老姉妹の話。まず、キャスティングが凄かった。姉役のリリアン・ギッシュは当時九十三歳、ベティ・デイヴィスは七十九歳。二人とも映画史に大変な貢献をした大女優。

『八月の鯨』のベティ・デイヴィス（左）とリリアン・ギッシュ

©Ronald Grant Archive/Mary Evans/ 共同

リリアン・ギッシュはとても九十代とは思えない清潔感と可憐さ。ベティ・デイヴィスは枯れ切って、ちょっと異様な「精霊」のようになっていた。私はどうやらこっちのタイプ？　必見！

大年増の映画を紹介したので、ピチピチに若い女が主役の映画をひとつ。といっても、だいぶ昔の映画ですが。

ミニスカート大流行の一九七〇年代前半。イギリス出身の極細体型のツイッギーが大人気。私もずいぶん憧れたものです。ファッション・モデルだったけれど、映画にも主役で出演した。タイトルは『ボーイフレンド』（'71年）。

ミュージカル仕立ての、シンデレラ物語パターンの話。性格も見た目も地味な女の子が、何の演技訓練もなしにミュージカルの主役に！　いやー、最高にファッショナブルな映画だった。今見ても古くささなんて、全然感じさせない。

さすがケン・ラッセル監督（二〇一一年、八十四歳で没）なのだった。

＊

二〇二一年はココ・シャネル没後五十年にあたる。一八八三年（十九世紀末ですよ！）に生まれ、一九七一年に亡くなった。八十七歳。当時としては、かなりの長寿。

ココ・シャネルを扱った映画はいくつかあるが、『ココ・シャネル　時代と闘った女』（'19年）はドキュメンタリーなのが、ありがたい。二十世紀は「映像の世紀」なので、若い時の写真もフィルムも少数ながら残っているのだ。

フランスの地方都市の貧しい家に生まれた勝ち気で目立ちたがり屋の少女が、独自の美意識と才覚で、のしあがってゆく。当時としては珍しくも何ともないパトロンつきの暮らしの中で、独創的なファッション・センスを開花させてゆく。

パリに出て最初に開業したのは帽子店。当時は羽根や花をつけたデコラティブな帽子ばかりだった中で、マニッシュで小粋な帽子を打ち出して成功。コルセットで締めあげたドレスをシンプルで活動的なものへと変えた。シャネルは動物的直観で新しい時代の「美と実用」をとらえていた——

その嗅覚におそれいる。「私は、いつか火を噴く活火山」という言葉もスゴイ。

そんな服飾史的な凄さばかりではなく、モダニズム系の文化人たち（とりわけダリやピカソやコクトー）との交流も興味深い。教育には恵まれなくても才気がたっぷりあったのだろう。七歳下のエルザ・スキャパレリへのライバル意識に関しては、もう少し描写があってもよかったが。

七十代に入ってからもシャネル人気は衰えなかった。アメリカのケネディ大統領夫人・ジャクリーンは、ケネディが暗殺されたその日、シャネルのバックを持っていた。

有名な鏡の階段でシャネルは嘯《うそぶ》く。「生まれた時から、闘いだった」と――。


ファッション界ばかりではない、演劇の世界も大変な競争世界。**『イヴの総て』**（'50年）は演劇界の裏を描いた名作。

ニューヨークのブロードウェイにやってきた田舎娘のイヴ（アン・バクスター）は、大女優マーゴ（ベティ・デイビス）の大ファンだとホメそやし、付き人として働くようになる。

ところが、イヴはだんだんとマーゴの知人たちに取り入り、マーゴの代役として出演するというチャンスをつかみ取る。マーゴが「すべては計算の上だったのか」と気づいた時には、もう遅かった……。

少女マンガにありそうなパターンだけれど、マーゴを演じたのがベティ・デイビスなのがうれしい。キム・カーンズが歌った『ベティ・デイビスの瞳』のぬしね。妖気漂うほどの目。私、妙に好き。

『サンセット大通り』のグロリア・スワンソン

©PARAMOUNT PICTURES/Album/ 共同

同じ頃の映画『**サンセット大通り**』（'50年）にもドギモを抜かれましたね。その妖気に。毒気に。私が最初に観たのはリバイバル上映だった。

ほぼ三人で成り立っている映画。①サイレント映画時代の大スターだったが、今は中年となって忘れ去られつつある女（グロリア・スワンソン）、②その忠実な執事（エリッヒ・フォン・シュトロハイム）、③売れない脚本家（ウィリアム・ホールデン）――この三人の、それぞれの最高の、と言っていいような演技。

グロリア・スワンソンが指にはめていた奇妙なシガレット・ホルダーが強烈な印象で、DVDで観直したが、うん、最高に効果的な小道具になっていた。

◉カンボジア難民たちのアメリカン・ドリーム◉W・アンダーソン監督の世界は格別

コロナ鬱を吹き飛ばすような、めちゃくちゃ「前向き」のサクセス・ストーリー『**ドーナツキング**』（'20年）をおススメしたい。無一文でカンボジアからアメリカに渡り、今や〝ドーナツ王〟とまで呼ばれるようになった男（いや、夫婦と言ったほうがいいかも）の物語――。なんと実話。ドキュメンタリー映画です。

カンボジアでは一九七〇年代から激しい内戦と虐殺があり、それを逃れるために、決死の覚悟でアメリカへ難民として亡命する人たちがいた。主人公のテッド一家も命カラガラ、アメリカへ。テッドはカリフォルニアでの貧窮生活のなかで、生まれて初めてドーナツを知り、その味に感動。大手ドーナツ店で修業、やがて自分の店が持てるようになり、さまざまなアイディアと接客のよさが評判となってゆく……。まさに「アメリカン・ドリーム」そのもの。

テッドの明朗な人柄やバイタリティばかりではなく、苦労をともにした奥さんというのが、利発で、人柄もよく、美人なんですよね。商品開発にも、おおいに貢献しているんですよね。

監督のアリス・グーはロサンゼルス生まれの中国系。やっぱり両親が中国からの移民だったという。

＊

『グランド・ブダペスト・ホテル』や『犬ヶ島』などユニークな映画作りで知られるウェス・アンダーソン監督の『フレンチ・ディスパッチ　ザ・リバティ、カンザス・イヴニング・サン別冊』（'21年）は、フランスの架空の町を舞台にした軽妙な悲喜劇。いや、小粋でトボケた喜劇と言ったほうがいいかもしれない。

ストーリーをこまかく紹介することには、あまり意味がないのだが……。とにかく、アメリカの新聞社のフランス支局（のようなもの）が発行する雑誌『フレンチ・ディスパッチ』が編集長の急逝によって廃刊が決まる。編集長の追悼号に掲載された一つのレポートと三つのストーリーが紹介されてゆく。

登場人物のほぼ全員が「変わり者」っぽい。そこから生まれるおかしみ。

おかしいばかりではなく、この監督らしくインテリア、雑貨、ファッションも超オシャレ。ノスタルジック。基本的に一九六〇年代あたりという設定だろうか。見ごたえあり！　いちいち画面を止めてチェックしたいほど。

キャスティングもスゴイ！　ビル・マーレイ（雑誌編集長）、ベニチオ・デル・トロ（天才画家）、エドワード・ノートン（ギャングのボスの運転手）、ジェフリー・ライト（記者）、ティモシー・シャラメ（学生運動リーダー）、ティルダ・スウィントン（批評家）、シアーシャ・ローナン（ショーガール）……そして、フランシス・マクドーマンドまでジャーナリスト役で出演している！

いわゆる「味のある大物スター」を集めすぎたために、物語が少しばかりかすんで見えてしまったという感じも少々あるけれど……二度見、三度見したくなる映画とも言える。

ロケ地はフランスのアングレームだという。人間が主役の小さな町……。いいなあ。

◉ハイブランドの美の舞台裏◉映画の王道『ひまわり』◉トッド・ソロンズ監督

ファッションには興味があるものの、オートクチュールとは、まったく無縁。パーティ嫌いだし、行儀もよくないし、ドレッシーな服は苦手だし……。それでも、この『オートクチュール』（'21年）という映画を興味深く観た。

オートクチュールとは無縁な貧しい少女が、ふとしたことからディオールのオートクチュール部門の縫い子としてスカウトされ、めきめき腕をあげ、ファッションに対する思いも徐々に変化してゆく……少女と共に、オートクチュールの世界を探検してゆく気分になる。

物語の発端は、こんなふう――。ディオールのオートクチュール部門のアトリエ責任者であるエステル（ナタリー・バイ）は近々引退しなければいけない年になった。最後のコレクションが間近になる中、地下鉄通路で、若い女の子にバッグをひったくられてしまう。その女の子……ジャド（リナ・クードリ）は、ある事情から、バッグを返しにやって来る。

エステルはジャドの指使いを見て、「美しいものを作る指！」と直感、自分の後継者として育てようと決意。アトリエのお針子としてスカウトし、特訓。期待通り、ジャドはめきめきと腕をあげてゆく。そして……という、ほぼ「お約束」の展開！　そこが、けっこう楽しい。

オートクチュールの世界って、こういうふうに、繊細かつ厳密な技と審美眼のチェックを経て、ドレスとして仕立て上げられてゆくものなんだ……と今さらながらに驚かされる。高いお値段になるのも無理はない!?

教師のごときエステルを演じたナタリー・バイも、生徒のごときジャドを演じたリナ・クードリも、役柄にピッタリはまっている。

監督・脚本を手がけたシルヴィー・オハヨンも女の人で、パリ郊外育ちのユダヤ系チュニジア人だという。

＊

そういえば……と思い出した。イタリア映画に『特別な一日』（’77年）という快作があった。ソ

『特別な一日』のソフィア・ローレン（左）とマルチェロ・マストロヤンニ

©Compagnia Cinematografica Champi/Mary Evans Picture Library/共同

フィア・ローレンとマルチェロ・マストロヤンニという、イタリアを代表する二人の競演。ムッソリーニ政権だった頃の話。イタリアにヒットラーがやって来るというので、人々は大盛りあがりしている中、家に一人でいた主婦が反ファシストの男と知り合い、互いの孤独を察し合うという話。

マルチェロ・マストロヤンニが巧いのは当然なのだけれど、ソフィア・ローレンも、ハデな見かけによらず、内面的な演技も上等なので驚いた記憶あり。一九三四年生まれの八十七歳。今もバリバリの現役。

もっか騒ぎになっているウクライナを舞台にした『**ひまわり**』（'70年）も必見。

『ひまわり』は、これぞ映画の王道だ！と思わせてくれる傑作だ。人間というイキモノの姿を、まったく過不足なく、キッチリと描き出している。

まっすぐに、無邪気に、愛し合って結婚した一組の男女。それが戦争によって引き裂かれる。妻は行方不明になった夫を懸命に探し続けるのだが……。

ソフィア・ローレンとマルチェロ・マストロヤンニのすばらしい演技！

＊

トッド・ソロンズ監督（2023年）

©Europa Press/ABACA/共同

さて。トッド・ソロンズ監督の新作が観たい。一九五九年生まれというから、日本で言えば、もう還暦過ぎたのか……。ちょっとショック。二十世紀が終わる頃、『ウェルカム・ドールハウス』（'95年）を観て、私は大興奮。皮肉なおかしみにグッときた。以来、『ハピネス』『ストーリーテリング』と熱心に追いかけて観てきたのだけれど、近頃、新作ナシなのが淋しい。

二作目の『ハピネス』も凄く面白かったのだけれど、やっぱり最初の『ウェルカム・ドールハウス』をおススメしたい。メガネっ子で成績もイマイチの女子が、イジメにあいながらも自分の居場所を見つけていく……。

アメリカの中流家庭のダークサイドを痛烈に批判しながらも、根底には愛着や希望があり、あと味はよかった。好き！

私が本物の犯人

3

◉カッコイイ女性政治家◉追悼ゴダール◉フランソワ・オゾンに脱帽

シモーヌ・ヴェイユという名は知っていたものの、恥ずかしながら、どんな功績をあげた人なのかは知らなかった。今回、この映画『**シモーヌ　フランスに最も愛された政治家**』（'22年）を見て、エーッ、こんなに立派なうえにカッコイイ女の人が、フランスに実在していたんだ！と圧倒された。

一九七〇年代の前半、国会議員になっていたシモーヌ（エルザ・ジルベルスタイン）は、レイプをはじめ、さまざまな理由で、やむを得ず中絶手術をする女たちの味方となった。七四年には中絶に関する法律を作ることを提唱、「中絶法」を勝ち取った。さらに、七九年には「女性の権利委員会」の設置を求め、実現させた。女ばかりではなく、移民やエイズ患者や囚人など、弱い立場の人たちの人権のために闘った……。

シモーヌはエリートだけれど、ただのエリートではない。ユダヤ人であったため、アウシュビッツ収容所に送られ、両親と兄が死んでゆく中で、懸命に生き抜いてきたのだった。

……と書くと、バリバリ硬派の、コワイ女のように思いがちだけれど、この映画で描かれるシモーヌ・ヴェイユ像は、知的でありながら明朗でオシャレでもある。好感を持たずにいられない。シモーヌを支え、励ます夫（オリヴィエ・グルメ）もエライ！

＊

ジャン=リュック・ゴダール監督（共同）

さて。二〇二二年の九月、スイスで九十一年の生涯を閉じたジャン=リュック・ゴダール監督を追悼するドキュメンタリー『ジャン=リュック・ゴダール　反逆の映画作家《シネアスト》』（'22年）。

一九六〇年代のゴダール登場は画期的だった。特に『勝手にしやがれ』（'60年）、『女と男のいる舗道』（'62年）、そして『気狂いピエロ』（'65年）……。

女優はジーン・セバーグやアンナ・カリーナ。男優はジャン=ポール・ベルモンド。型にはまった美男美女ではない。ひとことで言えば〝粋〟なんですよね。

＊

「美」と「笑い」。フランス映画を代表するようなフランソワ・オゾン監督の『私がやりました』（'23年）は、パリを舞台にした殺人事件をめぐる話——。

ある日、パリの大豪邸で有名映画プロデューサーが何者かによって殺された。容疑者は新人女優のマドレーヌ。彼女は「プロデューサーに迫られて、自分の身を守るためにピストルで撃った」と主張。ルームメイトの女性弁護士ポーリーヌのあざやかな弁護にも助けられ、一躍、陪審員や大衆の心をつかんで、「正当防衛」で無罪ということに……。そればかりか、「悲劇のヒロイン」として名を知られ、スター街道を駆けあがる……。

フランソワ・オゾン監督（2021年）

©Genin Nicolas/ABACA/共同

そんな絶好調の二人の前に、オデットという女が現れる。そして、「私が本物の犯人。あなたたち二人が手にした名声と富は、私のものだ」と言うのだ。奇妙な真犯人騒ぎが展開されてゆく。

時代設定は一九三〇年代頃だろうか。当時の法廷の様子が興味を引くが、ファッションやインテリアも、おおいに見もの。映画のフィルムを止めて、ジックリと細部を見たくなる。私は、この時代のファッションが一番好き。前の時代に較べると、スカート丈は短く、髪も短めになっている。活動的でありながら、刺繍やフリルなど手芸的な装飾があったりするのが楽しい。

監督のフランソワ・オゾンは、今や余裕しゃくしゃくの映画作り。若い女優二人を押しのけるような形で登場の「謎の女」めいたオデットを演じるのは、フランスの国民的女優のイザベル・ユペールという、ゼイタクなキャスティング。殺人事件であり、法廷劇でもあるわけだが、それに付きものの堅苦しさは無い。いっぷう変わった、おかしみが漂う。

それにしても……フランソワ・オゾン監督（一九六七年生まれ。五十五歳）は、しぶとい。九〇年代からほぼ毎年一本は、というイキオイで映画を作り、ヒットさせせてきた。脱帽。

◉ヘルシンキ中年男女のラブストーリー◉八十八歳ウディ・アレン新作

アキ・カウリスマキ監督の映画にハズレ無し——と、私は思っている。

北欧、フィンランドの人で一九五七年生まれ。八〇年代から今にいたるまで、独創的でありながら多くの人の心をつかむ映画を作り続けて来た。『マッチ工場の少女』『ラヴィ・ド・ボエーム』『浮き雲』『過去のない男』『白い花びら』『希望のかなた』など。

ハデにドラマティックな映画では無い。世間から少しはずれていたり、受け入れられなかったりする人たちの物語が多い。多くの場合、登場人物は口数が少なく、社交性に欠ける。そういうところ、日本人と共通しているように思う。親しみが湧く。

それもそのはず。アキ・カウリスマキ監督は日本の小津安二郎監督の映画から多くを学んだようだ。とりわけ感情表現のつつましさ。

さて、今回の『**枯れ葉**』（'23年）は、フィンランドの首都ヘルシンキに住む中年男女のラブストーリー。工事現場で働いている男・ホラッパ（ユッシ・ヴァタネン）と、理不尽な理由で職を失った女・アンサ（アルマ・ポウスティ）は、カラオケバーで出会い、互いに好意を抱く。

初デイトは映画館。ジム・ジャームッシュ監督の作品『デッド・ドント・ダイ』という渋好み。ホラッパはアンサの気丈さに惹かれ、アンサはホラッパの明るさに惹かれた。さてこの二人の恋のゆくえは？

あれっ、結局、二人はそれだけの仲だったの!?と思いきや、はい、ちゃんと楽しいハッピーエンドになっていく。ひとごとながら（？）ホッとしました。

静かな、淡々とした映画ながら、『マンボ・イタリアーノ』やチャイコフスキーの『交響曲第6番』やジャック・プレヴェール（作詞）、ジョセフ・コズマ（作曲）の『枯れ葉』などが絶妙なタイミングで流れる。

口数の少ない二人だけれど、それだけに、互いの心のうちが十分に伝わってくるのだった。

＊

ウディ・アレン監督の映画と言ったらニューヨークを連想するけれど、今回の『**サン・セバスチャンへ、ようこそ**』（'20年）は、珍しくスペインのリゾート地のサン・セバスチャンが舞台。当然のごとく、陽光さんさん、明るくカラフルな映画になった。

主人公であるモート（ウォーレス・ショーン）は、アメリカの大学で映画を教えていたのだが、今は初めての小説を執筆しようとしている。そんな中、映画関係の仕事をしている妻（ジーナ・ガーション）と共にサン・セバスチャン映画祭に参加するため、スペインへ——。

慣れない地に行ったせいか、モートは精神的に不安定に……。妻は浮気をしているのでは？という妄想を抱いてしまう。精神科の女性医師に診察してもらうのだが、その医師というのが美貌で人柄もいい。モートは、たちまち恋心を抱くようになってしまうのだが……。

主人公を演じたウォーレス・ショーンは一九四三年生まれの八十歳。髪は薄めの小柄なおじいちゃん。かわいい！　医師を演じたのは、だんぜん若いエレナ・アナヤ、四十八歳。

ウディ・アレン監督らしく、面白い工夫あり。カラー映画なのだけれど、主人公の妄想や夢の部分はモノクロで描写されている。わかりやすい。「明るくカラフルな映画」と書いたけれど、実はそれだけではない。「若さと老い」「生と死」というテーマも見え隠れする。ウディ・アレンは一九三五年生まれの八十八歳なのだもの。その歳でこんな面白い映画が作れるなんて。ありがたいことです。

そうそう、主人公のセリフの中で「イナガキ」（稲垣浩監督）や「クロサワ」（黒澤明監督）の名前が出てくるのも、うれしい。ウディ・アレンの映画愛の深さを感じずにはいられない。

◉還暦ジョニー・デップ◉未解決事件の真相

『ジャンヌ・デュ・バリー　国王最期の愛人』（'23年）は、タイトルから察しがつくように、フランスのルイ15世が君臨していた18世紀の話。池田理代子さんのマンガ作品『ベルサイユのばら』はルイ16世の時代だったから、その少し前ということになる。

貧しい私生児として生まれ、娼婦のような暮らしをしていたジャンヌ・デュ・バリー（マイウェン）は美貌と才気に恵まれて、またたく間に貴族の男たちに大人気に。ヴェルサイユ宮殿に招待されるほどになった。

それだけではない。当時の国王ルイ15世（ジョニー・デップ）との対面を許され、アッという間に、二人は恋に落ちるのだが……何しろ、ジャンヌは最底辺の生まれ育ち。平然とマナーやルールを無視するジャンヌは完全に孤立。のちにルイ16世の王妃となるマリー・アントワネットにも嫌われていたというのだが、ジャンヌはルイ15世の死後も彼を愛し続けていたという――。

私の好みを言わせてもらえれば、監督・脚本にして主役のジャンヌ・デュ・バリーを演じたマイウェンに関して、いささかの不満あり。イマイチ、老け顔（理知的な顔というべきか？）なんですよね……。監督・脚本を手がけたうえに主役も……というのは、やっぱり少々、キツかった……。

それでも、ヴェルサイユ宮殿の内部や、数かずのゴージャスな服——女ばかりではなく、男のファッションも「さすが、フランス！」。

『瞳をとじて』（'23年）。こちらも断然、オススメします。監督・脚本はスペイン映画界を代表するビクトル・エリセ。一九四〇年生まれの八十三歳。『ミツバチのささやき』（'73年）、『エル・スール』（'83年）、『マルメロの陽光』（'92年）、そして今回の『瞳をとじて』——。作品は少ないものの、すべて上等。

『瞳をとじて』は、ある映画の撮影中に主演俳優であるフリオが失踪。投身自殺と断定されたが、遺体は見つからず。さて、それから二十二年後、フリオの親友だったミゲルのもとに意外な情報が届いた……という、ミステリ風味の展開。やっぱり胸にしみました。

＊

『12日の殺人』（'22年）はヒトヒネリした犯罪映画。

事件が起きたのは、フランス南東部のサン゠ジャン゠ド゠モーリエンヌ。ある夜、帰宅途中の二十一歳の女性クララが、何者かによって火をつけられ、焼死体になっているのが発見された。

地元の警察からは、すぐにヨアン（バスティアン・ブイヨン）を中心にした捜査チームが駆けつけた。ヨアンは地元出身なので、クララとは顔見知りだったのだ。

クララの周辺人物を調べてゆくと、クララは性的に奔放だったということがわかった。そんな中、名前を告げない人物から、ある物が署に送られてきた。それはクララに火をつけた際のライターなのだった。

さらに犯罪現場に張り込んでいると、近所の小屋に住むドニという青年もクララと関係を持っていた……。

ヨアンは冷静沈着な男だが、夜も眠れない日々が続いた。捜査により、逮捕歴のあるヴァンサンという男もクララと関係を持っていたことがわかったが、彼にはアリバイがあった。ヨアンはヴァンサンのずうずうしい態度に怒りをおぼえ、つい暴力をふるってしまった。そのため他の署へと異動させられ、捜査班も解散に……。

さて、それから三年後、ようやっと捜査の再開に乗り出すことができたのだが……。仕掛けておいた隠しカメラに映っていたのは、意外な人物だった……。

シリアスな犯罪映画は苦手という人にはドキュメント映画『MONTEREY POP モンタレー・ポップ』（'67年）をオススメします。

一九六七年にアメリカのカリフォルニア州モンタレーで開かれたロック音楽の祭典。ジャニス・ジョプリンやジミ・ヘンドリックスやサイモン&ガーファンクルなど。懐かし、嬉し。感涙！

◉P・ディンクレイジが演じる凹凸夫婦◉母親の知恵と度胸

『ブルックリンでオペラを』（'23年）は、「何だかんだあっても、人間って人生って、面白いものだなあ」と微笑が湧いてくる。

舞台はニューヨークのブルックリン。精神科医のパトリシア（アン・ハサウェイ）と、その夫で現代オペラの作曲家のスティーブン（ピーター・ディンクレイジ）。この一組の夫婦（そして愛犬リーバイ、ブスかわいい！）をめぐる物語。ほぼ喜劇。

パトリシアはスラリとした長身の美人だが、スティーブンは、超がつくほどの小柄。身長はパトリシアの胸のあたりまでしか届かない。それでも顔立ちは立派で、知的な印象。男女逆転の凸凹夫婦なのだった。

そもそもの出会いは、五年前。有名作曲家のスティーブンは大スランプに陥り、作曲ができず、精神科医のパトリシアと出会う。パトシリアには夫と息子のジュリアンがいたのだが、ジュリアンを連れて離婚し、スティーブンと再婚したのだった。

スティーブンは新作オペラに取りかかるものの、周囲から不評で、激しく落ち込んでしまう。そして、バーで会った風変わりな中年女・カトリーナ（マリサ・トメイ）に誘われ、彼女の船へ……。ハッと気づいた時には、彼女の船のダブルサイズのベッドの中に居た……。

さて、その先、夫婦（そして息子のジュリアン）の運命は、いかに。

何と言ってもスティーブンを演じたピーター・ディンクレイジに目を見張る。一九六九年生まれというから五十代半ば。TVドラマでは数々の賞を受けていて、映画でも『スリー・ビルボード』('17年)、『パーフェクト・ケア』('20年)、『シラノ』('21年)などに出演。

脚本・監督・プロデューサーは一九六二年生まれのレベッカ・ミラー。女の人です。父は劇作家アーサー・ミラーで、さらに驚くことに、夫はイギリス出身の元俳優ダニエル・デイ＝ルイスとは！

＊

『ミセス・クルナス vs. ジョージ・W・ブッシュ』('22年)は実話をもとにした映画。

ヒロインのおばちゃんの行動のいろいろ、「私だったら、こんなに大胆でいちずな行動、できるかしら!?」と圧倒されます。

二〇〇一年と言ったらアメリカ同時多発テロで騒然となった年。イスラム過激派のテロ組織アルカイダがニューヨークの世界貿易センタービルと、ワシントン郊外の国防総省を狙って、飛行機もろとも突っ込んで、大変な惨事になった年だった。

一触即発的な世界情勢の中、ドイツに暮らすトルコ移民の一家に不吉な知らせが届く。長男のムラートが旅先のパキスタンでタリバンの嫌疑をかけられ、キューバの米軍基地の収容所に収監されてしまった、というのだ！

母のラビエは息子を救うため奔走するが、警察も行政も取り合ってくれない。打つ手ナシ！ 絶望する中で、電話帳で見つけた弁護士ベルンハルトのもとを訪ね、窮状を訴える。そして、ベルンハルトのアドバイスを受け、アメリカ合衆国最高裁判所にまで出向いて思い切った手段に打って出る。その手段とは……!?という話。

ただもう息子の命を救いたい……それだけの願いにかりたてられて、知恵と度胸をフル回転。その様子は頼もしくもあり、痛快でもあり。いわゆる「女は弱し、されど母は強し」——。ヒロインを演じたメルテム・カプタンは金髪で、ズングリした体形。いかにも「普通のオバチャン」。ドイツではコメディエンヌとして活躍しているのだった。

さて。日本映画では『**お終活　再春!人生ラプソディ**』（'24年）が公開。高畑淳子、石橋蓮司、橋爪功、長塚京三などベテラン勢が結集。

真一（橋爪功）と千賀子（高畑淳子）の夫婦は金婚式も無事終えたのだが……真一は物忘れが多くなり、要介護認定の調査を受けたら「要介護1」。一方、妻の千賀子は若い頃に夢見ていたシャンソンのレッスンに励むのだが……リアルに身にしみつつ、クスクス笑わずにはいられない。

◉ノラ犬と歩いた800キロ◉ワーホリ中の恐怖体験

歳をとっても、やっぱり男は男で女は女なんだなあ……と、ほほえましく思わずにはいられない。そこが、面白い味わいどころになっているのが、イギリス映画『**ハロルド・フライのまさかの旅立ち**』（'22年）。

物語の主人公であるハロルド（ジム・ブロードベント）はビール工場を定年退職して、妻のモーリーン（ペネロープ・ウィルトン）と郊外でおだやかな引退生活を送っていたのだが……ある日、一通の手紙が届く。同じ職場で働いていた女性社員・クイーニー（リンダ・バセット）からの手紙で、難病のガンのために余命わずかの「お別れの手紙」なのだった。

ハロルドは驚きながらも、何と返信したらいいのか迷い、ごく簡単に「どうかお大事に」とだけ手紙に書いたものの、それを投函する気持ちにはなれない。たまたま、ガソリン・スタンドの売店の女性店員の「信じる心で、叔母のガンがよくなった」という体験談を聞いて、ハッとする。すぐに病院に電話して「今から歩いて会いに行く。それまで生きていてくれ」と伝言し、そのまんま、八〇〇キロ先のクイーニーが入院している病院へと向かう。

八〇〇キロと言ったら、東京から広島あたりまでの道のりではないか？　いくら何でも遠すぎる!?　クレイジー！　妻のモーリーンがいい顔をしないのも当然だろう。そう思いつつも、ジーッと観てしまう。

旅の途中で出会う人たちとのドラマ。さらに、追い払っても、ついて来るノラ犬（これが薄茶の体に両耳だけ黒という愛らしさ！）が相棒に――。さらにさらに、ハロルドの旅の様子が新聞の一面に掲載され、TVのニュースにもなり、いつのまにかハロルドとノラ犬の道中を追う人びとが続々と出てきた……。そうまでしてクイーニーに会うのには、ある理由があったのだ……。

イギリスの、べつだん名所でも何でもない町や村の様子（マッカな郵便ポスト、緑豊かな丘、古くからの町なみ……）も見どころ。

＊

団体旅行は大の苦手で、いっさいパスしてきた。一人旅のほうが断然いい。それでも、やっぱり気の合う人との二人旅（あるいは三人旅）がベストと思っている。

『ロイヤルホテル』（'23年）は、カナダの若い女子の二人旅。金髪のハンナ（ジュリア・ガーナー）と、東洋系の黒髪のリブ（ジェシカ・ヘンウィック）。なにぶんにも若いので、ゼイタクはできない。それでも、シドニー湾を横断する船の上でのパーティを楽しんでいたのだが……何ということ！　リブのクレジット・カードが使えなくなっていたのだった！　大ショック！

頼みはハンナの所持金だが、二人分の旅費を支えるほどの金額ではない。頼りにならず……。オーストラリアに到着後、仕方なく、ワーキングホリデーの事務所に駆け込んだものの、お金を貸してくれるはずもなく、働いて小銭をかせぐための求人を紹介されるだけだった。

紹介先はオーストラリアの片田舎の炭鉱町にあるパブ「ロイヤルホテル」での住み込み仕事だった。そこに行ってみると、「ロイヤルホテル」という名にそぐわぬ、最悪の場所だった。シャワーのお湯も出ず、部屋も汚く、Ｗｉ－Ｆｉも無い。なおかつ、その町の男たちは礼儀知らずで荒っぽい。最悪……。さて、ハンナとリブは、どうやってこの苦境を脱するのか!?

ガサツな男たちばかりの中に、一人だけ、まともな男がいた。船で親しくなったノルウェー人のトルステン（ハーバート・ノードラム）。それが救いになるかと思いきや……!?　酒が入ると人格豹変《ひょうへん》。

というわけで、ハンナとリブの旅は、ちょっとした地獄に……。ここには書けないが、ラストは、とんでもない結末に。それが快感になるか、不快になるか。観る人によって、全然違う感想になりそう。

監督・脚本は『アシスタント』（'19年）、『ジョンベネ殺害事件の謎』（'17年）などを撮った女性監督のキティ・グリーン。一九八四年生まれの実力派です。

◉チリの長編ドキュメンタリー◉クラシック音楽の世界◉フジコ・ヘミングの音楽愛

『エターナルメモリー』

「生」ある者は必ず「死」を免れることはできない。一人たりとも！ 例外なんて一人もいない。いつの日か、この私もこの世から消えてゆくのだ。「無」ということになるのだ。それもそんなに先のことではなく……。

だからこそ、「老い」や「死」をテーマにした映画は避けてきたような気がする。生きてゆく喜びや、おかしみを感じさせる映画が好きだったのだが……長編ドキュメンタリー映画『エターナルメモリー』（'23年）には断然、惹き込まれた。感動させられた。

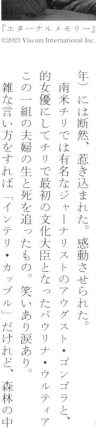

南米チリでは有名なジャーナリストのアウグスト・ゴンゴラと、国民的女優にしてチリで最初の文化大臣となったパウリナ・ウルティア――この一組の夫婦の生と死を追ったもの。笑いあり涙あり。

雑な言い方をすれば「インテリ・カップル」だけれど、森林の中の古い家をリフォームして、本を読んだり散歩したり……というシンプルな暮らしぶり。満ち足りた日々。

そんな中、夫のアウグストがアルツハイマーを患ってしまった！　日々、記憶は薄らいでいくばかり……。妻のパウリナが「長生きしたい？」と問うと、すぐに「NO！」と言う。「僕はもうダメだ、死ぬまでいっしょにいたい！」と子どものように泣き崩れる……。アルツハイマー、こんなにも人格を変えてしまうものなのかと胸が痛む。

それでもパウリナは笑顔でアウグストを抱きしめる。まるで母と子のような二人……。

監督は女性のマイテ・アルベルディ。『83歳のやさしいスパイ』（'20年）もアカデミー賞にノミネートされた実力派。一九八三年生まれ。頼もしい。

『美食家ダリのレストラン』（'23年）もオススメしたい。こちらの舞台はスペイン。あの有名なサルバドール・ダリが住んでいた海辺の街のレストランの話。

時代は一九七〇年代の半ば。店のオーナーは奇想の画家・ダリを崇拝。評判を呼んだら、いつか来店してくれるかと、革命的な（？）料理を次々と……という話。ほぼ喜劇。

くいしんぼうは必見でしょう。

＊

『パリのちいさなオーケストラ』（'22年）はクラシック音楽の世界の話——。世界中で、女性指揮者はわずか6パーセントしかいないという。そういえば、そうだなあと、ようやく気がつく。指揮者と言ったら男の人というイメージが強い。

この映画の主人公であるザイアは女性で、しかもアルジェリア移民の子。ゆたかな家の子ではない。

そんな二重三重のハンディキャップを背負いながら、名門の音楽院に入る。やがて世界的指揮者に認められ、貧富の垣根を越えた「ディヴェルティメント・オーケストラ」を結成したザイア・ジウアニの実話をもとにした映画です。

何だか歯をくいしばったような、根性ものの映画のようだが、明朗で軽快な味わいもあるのがありがたい。監督（マリー＝カスティーユ・マンション＝シャール）も、また女性なのだった。

なぜかフッと、大昔のオーストリアが舞台の映画『野ばら』（'57年）を懐かしく思い出した。ウィーン少年合唱団の物語。主人公の少年を演じたミハエル・アンデは一躍、日本でも人気者に（今や御年七十九歳。健在のようです）。

台湾映画『**本日公休**』（'23年）が、じんわりと楽しい。

台湾の都市である台中の街を背景に、昔ながらの理髪店をいとなむ家族の話——。

主人公のおばちゃんは女手ひとつで子供たちを育ててきた。店には、古くからの常連客が何人もいて、それぞれ人生の一断面に接することになる。おばちゃんはそれぞれの客に余計な口出しはせず、そっと胸の中にしまっている。

そんな中、遠くから通って来てくれていた常連客の〝**先生**〟が病に伏したと知り、店に「本日公休」のフダを出して、最後の散髪になるだろうという思いを秘めつつ、〝先生〟のいる町へと向かうのだが……。

「老い」と「死」という誰もが逃れられない現実――。それをどう受けとめられるか。重苦しい問いだが、おばちゃんは騒ぎ立てない。動じない。すべてをやんわり受けとめているかのよう。後味もいい映画です。

＊

フジコ・ヘミングの名を知っている人も多いだろう。日本とスウェーデンのハーフのピアニスト。一九三一年、ベルリンで生まれ、世間から注目されたのは、なんと六十代後半になってから。二〇二四年の四月二十一日に亡くなった。九十二歳――。

父はスウェーデン人の画家にして建築家でもあった。母は日本人のピアニストだった。フジコは五歳の頃からピアノに親しみ、東京の芸大を卒業して、ドイツ留学。その実力は超有名な音楽家のレナード・バーンスタインやブルーノ・マデルナにも認められたのだが……何という不運、風邪をこじらせて左耳の聴力を失ってしまったのだった！

それでもフジコは絶望しなかった。治療を受けつつ、ヨーロッパ各地で、そして北米や南米でもワールドツアーを行うという不屈の信念。そして、音楽への愛……。

当然のごとく、場面のところどころにフジコ・ヘミングのピアノによるショパンの「ノクターン2番」をはじめ、クラシック音楽の数々が流れる。その中で日本の「荒城の月」が流れたのには胸が熱くなった。やっぱりフジコ・ヘミングには、日本とヨーロッパの血が美しく誇らしく通っているんだなあ……というように思い、フッと涙目に……。

私はクラシック音楽は敬遠ぎみだったのだけれど、『恋するピアニスト フジコ・ヘミング』（'24年）を観て（聴いて）、にわかにクラシックを聴きたくなった。

フジコ・ヘミングのファッションにも注目。髪はシラガと言うより淡い金髪。古いキモノやハオリを部屋でのガウン代わりに……。私もそういうスタイルが好き。さらに犬好きらしいところにも共感。

実を言うと……子どもの頃、わが家には古いオルガンがあったのだけれど、私はあんまり興味がなく、ヘタだった……。

そうそう、話が後になってしまったが、この映画の監督・構成・編集は小松荘一良という人。アメリカ生まれで、広島県の呉市に育ち、大阪芸術大学映像学科で学んだという。

あとがき

出版業界は、すでに年末・年始に向かっている。もう、その時季か。
今のところ、この一年で面白く観た映画を10本、観た順番で思い出してみると、

●『**枯れ葉**』 アキ・カウリスマキ監督――。いつもと変わらず、つつましく、たんたんとした男女の物語。大好き。

●『**葬送のカーネーション**』 トルコ南部、難民で、妻を亡くした老人とその孫娘。棺《ひつぎ》を引いての旅。

●『**哀れなるものたち**』 ヨルゴス・ランティモス監督――。天才外科医によって脳を移植された女の、奇妙な成長物語。気味の悪さと、おかしみと。

●『**ボーはおそれている**』 アリ・アスター監督――。母の突然死にショックを受けた息子の帰省の旅。イジケ顔のホアキン・フェニックス、役柄ピッタリ!

●『**オッペンハイマー**』 クリストファー・ノーラン監督――。原爆を開発した物理学者の栄光と苦悩。イマイチ、物足りなかったけれど……。

●『**エターナルメモリー**』 マイテ・アルベルディ監督――。チリの有名ジャーナリストと、国民的女優でその妻の、認知症をめぐるドキュメンタリー。しみじみ。

●『**エドガルド・モルターラ　ある少年の数奇な運命**』 マルコ・ベロッキオ監督――。19世紀の話。ユダヤ少年（七歳）を教皇の命令で兵士たちが誘拐。実話だという。

●『**お隣さんはヒトラー?**』 レオン・プルドフスキー監督――。ヒトラーは死なず南米に逃亡し

たという、ありえない噂《うわさ》にもとづいたコメディー。ばかばかしいのだけれど、私は妙に気にいった。

●『本日公休』フー・ティエンユー監督――。台湾映画だけれど、中国とも韓国ともひとあじ、違う味わい。おだやか、こまやか。好き。

●『2度目のはなればなれ』ある実話をもとにした老夫婦のシミジミ物語。おばあちゃん（グレンダ・ジャクソン。若い頃はクール・ビューティーだった）が、すごく、かわいい！

コロナ禍も一段落？して、外出も増えた。やっぱり街が賑やかで、人に会うのは楽しい。本のタイトルはそんな明るいイメージから。「東京ラプソディ」（一九三六年）は、藤山一郎さんが歌う昭和歌謡。しっかり音楽を学んできたスマートな人という印象で好きでした。

子どもの頃よく遊びに行った、ブランコのある近所の家のお父さんが藤山さんに似ていた。そのお宅が引っ越す時には、オルガンを譲ってもらったっけ……忘れ難い思い出。

なあんてナツカシイ気分でいたら、浅草の友人夫婦の夫のほうが体の不調で再入院。年始にも入退院して、その後すっかり回復したと思っていたのだが……。さらに、私の妹が白内障と診断され、明日から入院・手術……視力は、すごくいい妹なので意外と思ったら、視力は関係ないのね。

私は、いい歳して病気やケガについて、かなりの無知で、オロオロするばかり。恥ずかしい。

長年、住んでいる地域の区役所などから健康診断の知らせのプリントが届いたりしているけれど、読むのも億劫で捨ててしまったりする。まずい……。心を入れ替えよう。

もはや、健康診断、ありがたい……と思わないと、ね！

著者

ブックデザイン　鈴木成一デザイン室
装画　樋口たつの
本文レイアウト　菊地信義
句　中野　翠

中野 翠　なかの・みどり

早稲田大学政治経済学部卒業後、出版社勤務などを経て文筆業に。一九八五年より『サンデー毎日』誌上で連載コラムの執筆を開始し、現在に至る。本連載の単行本として『いつか見た青空は』『何が何だか』など。その他の著書に『小津ごのみ』『この世は落語』『いちまきある家老の娘の物語』『ほいきた、トシヨリ生活』『コラムニストになりたかった』などがある。

本日《ほんじつ》、東京《とうきょう》ラプソディ

印刷　二〇二四年一二月五日
発行　二〇二四年一二月二〇日

著者　中野《なかの》 翠《みどり》
発行人　山本修司
発行所　毎日新聞出版
〒一〇二-〇〇七四
東京都千代田区九段南一-六-一七　千代田会館五階
営業本部　〇三(六二六五)六九四一
図書編集部　〇三(六二六五)六七四五

印刷・製本　中央精版印刷

ISBN 978-4-620-32819-5